Como agua para chocolate

Laura Esquivel

Como agua para chocolate

Novela de entregas mensuales, con recetas, amores y remedios caseros

NARRATIVA MONDADORI

© 1989, Laura Esquivel
© 1990, Mondadori España, S.A.
© 1992, Grijalbo, S.A. de Venezuela
© 1993, Grijalbo, S.A. de Venezuela
© 1993, Grijalbo, S.A. de Venezuela
© 1994, Grijalbo, S.A. de Venezuela
6ta. Edición Venezolana.
Reservados todos los derechos.

ISBN: 980-293-150-0.
Diseño de cubierta: Enric Satué.
Cubierta: Belén Arias.
Ilustración de la cubierta: Pablo Benavides
El Desayuno.
óleo/tela 70 x 35 cms.
Detalle. 1968.

Impreso en Venezuela por Editorial Texto, S.R.L.

Capítulo I
Enero
TORTAS DE NAVIDAD

INGREDIENTES:

1 lata de Sardinas
1/2 de Chorizo
1 Cebolla
Orégano
1 Lata de Chiles Serranos
10 Teleras

Manera de hacerse:

La cebolla tiene que estar finamente picada. Les sugiero ponerse un pequeño trozo de cebolla en la mollera con el fin de evitar el molesto lagrimeo que se produce cuando uno la está cortando. Lo malo de llorar cuando uno pica cebolla no es el simple hecho de llorar, sino que a veces uno empieza, como quien dice, se pica, y ya no puede parar. No sé si a ustedes les ha pasado pero a mí la mera verdad sí. Infinidad de veces. Mamá decía que era porque yo soy igual de sensible a la cebolla que Tita, mi tía abuela.

Dicen que Tita era tan sensible que desde que estaba en el vientre de mi bisabuela lloraba y lloraba cuando ésta picaba cebolla; su llanto era tan fuerte que Nacha, la cocinera de la casa, que era medio sorda, lo escuchaba sin esforzarse. Un día los sollozos fueron tan fuertes que provocaron que el parto se adelantara. Y sin que mi bisabuela pudiera decir ni pío, Tita arribó a este mundo prematuramente, sobre la mesa de la cocina, entre los olores de una sopa de fideos que estaba cocinando, los del tomillo, el laurel, el cilantro, el de la leche hervida, el de los ajos y, por supuesto, el de la cebolla. Como se imaginarán, la consabida nalgada no fue necesaria pues Tita nació llorando de antemano, tal vez porque ella sabía que su oráculo determinaba que en esta vida le estaba negado el matrimonio. Contaba Nacha que Tita fue literalmente empujada a este mundo por un torrente impresionante de lágrimas que se desbordaron sobre la mesa y el piso de la cocina.

En la tarde, ya cuando el susto había pasado y el agua, gracias al efecto de los rayos del sol, se había evaporado, Nacha barrió el residuo de las lágrimas que había quedado sobre la loseta roja que cubría el piso. Con esta sal rellenó un costal de cinco kilos que utilizaron para cocinar bastante tiempo. Este inusitado nacimiento determinó el hecho de que Tita sintiera un inmenso amor por la cocina y que la mayor parte de su vida la pasara en ella, prácticamente desde que nació, pues cuando contaba con dos días de edad, su padre, o sea mi bisabuelo, murió de un infarto. A mamá Elena, de la impresión, se le fue la leche. Como en esos tiempos no había leche en polvo ni nada que se le pareciera, y no pudieron conseguir nodriza por ningún lado, se vieron en un verdadero lío para calmar el hambre de la niña. Nacha, que se las sabía de todas todas respecto a la cocina —y muchas otras cosas que ahora no vienen al caso— se ofreció a hacerse cargo de la alimentación de Tita. Ella se consideraba la más capacitada para «formarle el estómago a la inocente criaturita», a pesar de que nunca se casó ni tuvo hijos. Ni siquiera sabía leer ni escribir, pero eso sí sobre cocina tenía tan profundos conocimientos como la que más. Mamá Elena aceptó con agrado la sugerencia pues bastante tenía ya con la tristeza y la enorme responsabilidad de manejar correctamente el rancho, para así poderle dar a sus hijos la alimentación y educación que se merecían, como para encima tener que preocuparse por nutrir debidamente a la recién nacida.

Por tanto, desde ese día, Tita se mudó a la cocina y entre atoles y tés creció de lo más sana y rozagante. Es de explicarse entonces el que se le haya desarrollado un sexto sentido en todo lo que a comida se refiere. Por ejemplo, sus hábitos alimenticios estaban condicionados al horario de la cocina: cuando en la mañana Tita olía que los frijoles ya estaban cocidos, o cuando a medio día sentía que el agua ya esta lista para desplumar a las gallinas, o cuando en la tarde se horneaba el pan para la cena, ella sabía que había llegado la hora de pedir sus alimentos.

Algunas veces lloraba de balde, como cuando Nacha picaba cebolla, pero como las dos sabían la razón de estas lágrimas, no se tomaban en serio. Inclusive se convertían en motivo de diversión, a tal grado que durante la niñez Tita no diferenciaba bien las lágrimas de la risa de las del llanto. Para ella reír era una manera de llorar.

De igual forma confundía el gozo de vivir con el de comer. No era fácil para una persona que conoció la vida a través de la cocina entender el mundo exterior. Ese gigantesco mundo que empezaba de la puerta de la cocina hacia el interior de la casa, porque el que colindaba con la puerta trasera de la cocina y que daba al patio, a la huerta, a la hortaliza, sí le pertenecía por completo, lo dominaba. Todo lo contrario de sus hermanas, a quienes este mundo les atemorizaba y encontraban lleno de peligros incógnitos. Les parecían absurdos y arriesgados los juegos dentro de la cocina, sin embargo un día Tita las convenció de que era un espectáculo asombroso el ver cómo bailaban las gotas de agua al caer sobre el comal bien caliente.

Pero mientras Tita cantaba y sacudía rítmicamente sus manos mojadas para que las gotas de agua se precipitaran sobre el comal y «danzaran», Rosaura permanecía en un rincón, pasmada por lo que observaba. En cambio Gertrudis, como todo aquello donde interviniera el ritmo, el movimiento o la música, se vio fuertemente atraída hacia el juego y se integró con entusiasmo. Entonces a Rosaura no le quedó otra que tratar de hacer lo propio, pero como casi no se mojó las manos y lo hacía con tanto miedo, no logró el efecto deseado. Tita entonces trató de ayudarla acercándole las manos al comal. Rosaura se resistió y esta lucha no paró hasta que Tita, muy enojada, le soltó las manos y éstas, por inercia, cayeron sobre el ardiente comal. Además de ganarse una soberana paliza, Tita quedó privada de jugar con sus hermanas dentro de su mundo. Entonces Nacha se convirtió en su compañera de diversión. Juntas se dedicaban a inventar juegos y actividades siempre en relación con la cocina. Como el día en que vieron en la plaza del pueblo a un señor que formaba figuras de animales con globos alargados y se les ocurrió repetir el mecanismo pero utilizando trozos de chorizo. Armaron no sólo animales conocidos sino que además inventaron algunos con cuello de cisne, patas de perro y cola de caballo, por citar sólo algunos.

El problema surgía cuando tenían que deshacerlos para freír el chorizo. La mayoría de las veces Tita se negaba. La única manera en que accedía voluntariamente a hacerlo era cuando se trataba de elaborar las tortas de navidad, pues le encantaban. Entonces no sólo permitía que se desbaratara a uno de sus animales, sino que alegremente observaba cómo se freía.

Hay que tener cuidado de freír el chorizo para las tortas a fuego muy lento, para que de esta manera quede bien cocido, pero sin dorarse excesivamente. En cuanto está listo se retira del fuego y se le incorporan las sardinas, a las que con anterioridad se les ha despojado del esqueleto. Es necesario, también, rasparles con un cuchillo las manchas negras que tienen sobre la piel. Junto con las sardinas se mezclan la cebolla, los chiles picados y el orégano molido. Se deja reposar la preparación, antes de rellenar las tortas.

Tita gozaba enormemente este paso ya que mientras reposa el relleno es muy agradable gozar del olor que despide, pues los olores tienen la característica de reproducir tiempos pasados junto con sonidos y olores nunca igualados en el presente. A Tita le gustaba hacer una gran inhalación y viajar junto con el humo y el olor tan peculiar que percibía hacia los recovecos de su memoria.

Vanamente trataba de evocar la primera vez que olió una de estas tortas, sin resultados, porque tal vez fue antes de que naciera. Quizá la rara combinación de las sardinas con el chorizo llamó tanto su atención que la hizo decidirse a renunciar a la paz del éter, escoger el vientre de Mamá Elena para que fuera su madre y de esta manera ingresar a la familia De la Garza, que comía tan deliciosamente y que preparaba un chorizo tan especial.

En el rancho de Mamá Elena la preparación del chorizo era todo un rito. Con un día de anticipación se tenían que empezar a pelar ajos, limpiar chiles y a moler especias. Todas las mujeres de la familia tenían que participar: Mamá Elena, sus hijas Gertrudis, Rosaura y Tita, Nacha la cocinera y Chencha la sirvienta. Se sentaban por las tardes en la mesa del comedor y entre pláticas y bromas el tiempo se iba volando hasta que empezaba a oscurecer. Entonces Mamá Elena decía:

—Por hoy ya terminamos con esto.

Dicen que al buen entendedor pocas palabras, así que después de escuchar esta frase todas sabían qué era lo que tenían que hacer. Primero recogían la mesa y después se repartían las labores: una metía a las gallinas, otra sacaba agua del pozo y la dejaba lista para utilizarla en el desayuno y otra se encargaba de la leña para la estufa. Ese día ni se planchaba ni se bordaba ni se cosía ropa. Después todas se iban a sus recámaras a leer, rezar y dormir. Una de estas tardes, antes de que Mamá Elena dijera que ya se podían levantar de la mesa. Tita, que entonces contaba con quince años, le anunció con voz temblorosa que Pedro Muzquiz quería venir a hablar con ella...

—¿Y de qué me tiene que venir a hablar ese señor?

Dijo Mamá Elena luego de un silencio interminable que encogió el alma de Tita.

Con voz apenas perceptible respondió:

—Yo no sé.

Mamá Elena le lanzó una mirada que para Tita encerraba todos los años de represión que habían flotado sobre la familia y dijo:

—Pues más vale que le informes que si es para pedir tu mano, no lo haga. Perdería su tiempo y me haría perder el mío. Sabes muy bien que por ser la más chica de la mujeres a tí te corresponde cuidarme hasta el día de mi muerte.

Dicho esto, Mamá Elena se puso lentamente de pie, guardó sus lentes dentro del delantal y a manera de orden final repitió.

—¡Por hoy, hemos terminado con esto!

Tita sabía que dentro de las normas de comunicación de la casa no estaba incluido el diálogo, pero aun así, por primera vez en su vida intentó protestar a un mandato de su madre.

—Pero es que yo opino que...

—¡Tú no opinas nada y se acabó! Nunca, por generaciones, nadie en mi familia ha protestado ante esta costumbre y no va a ser una de mis hijas quien lo haga.

Tita bajó la cabeza y con la misma fuerza con que sus lágrimas cayeron sobre la mesa, así cayó sobre ella su destino. Y desde ese momento supieron ella y la mesa que no podían modificar ni tantito la dirección de estas fuerzas desconocidas que las obligaban, a la una, a compartir con Tita su sino, recibiendo sus amargas lágrimas desde el momento en que nació, y a la otra a asumir esta absurda determinación.

Sin embargo, Tita no estaba conforme. Una gran cantidad de dudas e inquietudes acudían a su mente. Por ejemplo, le agradaría tener conocimiento de quién había iniciado esta tradición familiar. Sería bueno hacerle saber a esta ingeniosa persona que en su perfecto plan para asegurar la vejez de las mujeres había una ligera falla. Si Tita no podía casarse ni tener hijos, ¿quién la cuidaría entonces al llegar a la senectud? ¿Cuál era la solución acertada en estos casos? ¿O es que no se esperaba que las hijas que se quedaban a cuidar a sus madres sobrevivieran mucho tiempo después del fallecimiento de sus progenitoras? ¿Y dónde se quedaban las mujeres que se casaban y no podían tener hijos, quién se encargaría de atenderlas? Es más, quería saber, ¿cuáles fueron las investigaciones que se llevaron a cabo para concluir que la hija menor era la más indicada para velar por su madre y no la hija mayor? ¿Se había tomado alguna vez en cuenta la opinión de las hijas afectadas? ¿Le estaba permitido al menos, si es que no se podía casar, el conocer el amor? ¿O ni siquiera eso?

Tita sabía muy bien que todas estas interrogantes tenían que pasar irremediablemente a formar parte del archivo de preguntas sin respuesta. En la familia De la Garza se obedecía y punto. Mamá Elena, ignorándola por completo, salió muy enojada de la cocina y por una semana no le dirigió la palabra.

La reanudación de esta semicomunicación se originó cuando, al revisar los vestidos que cada una de las mujeres había estado cosiendo, Mamá Elena descubrió que aun cuando el confeccionado por Tita era el más perfecto no lo había hilvanado antes de coserlo.

—Te felicito —le dijo, las puntadas son perfectas, pero no lo hilvanaste, ¿verdad?

—No —respondió Tita, asombrada de que le hubiera levantado la ley del silencio.

—Entonces lo vas a tener que deshacer. Lo hilvanas, lo coses nuevamente y después vienes a que te lo revise. Para que recuerdes que el flojo y el mezquino andan doble su camino.

—Pero eso es cuando uno se equivoca y usted misma dijo hace un momento que el mio era...

—¿Vamos a empezar otra vez con la rebeldía? Ya bastante tenías con la de haberte atrevido a coser rompiendo las reglas.

—Perdóname, mami. No lo vuelvo a hacer.

Tita logró con estas palabras calmar el enojo de Mamá Elena. Había puesto mucho cuidado al pronunciar el «mami» en el momento y con el tono adecuado. Mamá Elena opinaba que la palabra mamá sonaba despectiva, así que obligó a sus hijas desde niñas a utilizar la palabra «mami» cuando se dirigieran a ella. La única que se resistía o que pronunciaba la palabra con un tono inadecuado era Tita, motivo por el cual había recibido infinidad de bofetadas. ¡Pero qué bien lo había hecho en ese momento! Mamá Elena se sentía reconfortada con el pensamiento de que tal vez ya estaba logrando doblegar el carácter de la más pequeña de sus hijas. Pero desgraciadamente albergó esta esperanza por muy poco tiempo pues al día siguiente se presentó en casa Pedro Muzquiz acompañado de su señor padre con la intención de pedir la mano de Tita. Su presencia en la casa causó gran desconcierto. No esperaban su visita. Días antes, Tita le había mandado a Pedro un recado con el hermano de Nacha pidiéndole que desistiera de sus propósitos. Aquél juró que se lo había entregado a don Pedro, pero el caso es que ellos se presentaron en la casa. Mamá Elena los recibió en la sala, se comportó muy amable y les explicó la razón por la que Tita no se podía casar.

—Claro, que si lo que les interesa es que Pedro se case, pongo a su consideración a mi hija Rosaura, sólo dos años mayor que Tita, pero está plenamente disponible y preparada para el matrimonio...

Al escuchar estas palabras, Chencha por poco tira encima de Mamá Elena la charola con café y galletas que había llevado a la sala para agasajar a don Pascual y a su hijo. Disculpándose, se retiró apresuradamente hacía la cocina, donde la estaban esperando Tita, Rosaura y Gertrudis para que les diera un informe detallado de lo que acontecía en la sala. Entró atropelladamente y todas suspendieron de inmediato sus labores para no perderse una sola de sus palabras.

Se encontraban ahí reunidas con el propósito de preparar tortas de navidad. Como su nombre lo indica, estas tortas se elaboran durante la época navideña, pero en esta ocasión las estaban haciendo para festejar el cumpleaños de Tita. El 30 de septiembre cumpliría 16 años y quería celebrarlos comiendo uno de sus platillos favoritos.

—¿Ay sí, no? ¡Su 'amá habla d'estar preparada para el matrimoño, como si juera un plato de enchiladas! ¡Y ni ansina, porque pos no es lo mismo que lo mesmo! ¡Uno no puede cambiar unos tacos por unas enchiladas así como así!

Chencha no paraba de hacer este tipo de comentarios mientras les narraba, a su manera, claro, la escena que acababa de presenciar. Tita conocía lo exagerada y mentirosa que podía ser Chencha, por lo que no dejó que la angustia se apoderara de ella. Se negaba a aceptar como cierto lo que acababa de escuchar. Fingiendo serenidad, siguió partiendo las teleras, para que sus hermanas y Nacha se encargaran de rellenarlas.

De preferencia las teleras deben ser horneadas en casa. Pero si no se puede lo más conveniente es encargar en la panadería unas teleras pequeñas, pues las grandes no funcionan adecuadamente para esta receta. Después de rellenarlas se meten 10 minutos al horno y se sirven calientes. Lo ideal es dejarlas al sereno toda una noche envueltas en una tela, para que el pan se impregne con la grasa del chorizo.

Cuando Tita estaba acabando de envolver las tortas que comerían al día siguiente, entró en la cocina Mamá Elena para informarles que había aceptado que Pedro se casara, pero con Rosaura.

Al escuchar la confirmación de la noticia, Tita sintió como si el invierno le hubiera entrado al cuerpo de golpe y porrazo: era tal el frío y tan seco que le quemó las mejillas y se las puso rojas, rojas, como el color de las manzanas que tenía frente a ella. Este frío sobrecogedor la habría de acompañar por mucho tiempo sin que nada lo pudiera atenuar, ni tan siquiera cuando Nacha le contó lo que había escuchado cuando acompañaba a don Pascual Muzquiz y a su hijo hasta la entrada del rancho. Nacha caminaba por delante entre padre e hijo. Don Pascual y Pedro caminaban lentamente y hablaban en voz baja, reprimida por el enojo.

—¿Por qué hiciste esto Pedro? Quedamos en rídiculo aceptando la boda con Rosaura. ¿Dónde quedó pues el amor que le juraste a Tita? ¿Qué no tienes palabra?

—Claro que la tengo, pero si a usted le negaran de una manera rotunda casarse con la mujer que ama y la única salida que le dejaran para estar cerca de ella fuera la de casarse con la hermana, ¿no tomaría la misma decisión que yo?

Nacha no alcanzó a escuchar la respuesta porque el *Pulque,* el perro del rancho, salió corriendo, ladrándole a un conejo al que confundió con un gato.

—Entonces, ¿te vas a casar sin sentir amor?

—No, papá, me caso sintiendo un inmenso e imperecedero amor por Tita.

Las voces se hacían cada vez menos perceptibles pues eran apagadas por el ruido que hacían los zapatos al pisar las hojas secas. Fue extraño que Nacha, que para entonces estaba más sorda, dijera haber escuchado la conversación. Tita igual le agradeció que se lo hubiera contado pero esto no modificó la actitud de frío respeto que desde entonces tomó para con Pedro. Dicen que el sordo no oye, pero compone. Tal vez Nacha sólo escuchó las palabras que todos callaron. Esa noche fue imposible que Tita conciliara el sueño; no sabía explicar lo que sentía. Lástima que en aquella época no se hubieran descubierto los hoyos negros en el espacio porque entonces le hubiera sido muy fácil comprender que sentía un hoyo negro en medio del pecho, por donde se le colaba un frío infinito.

Cada vez que cerraba los ojos podía revivir muy claramente las escenas de aquella noche de navidad, un año atrás, en que Pedro y su familia habían sido invitados por primera vez a cenar a su casa y el frío se le agudizaba. A pesar del tiempo transcurrido, ella podía recordar perfectamente los sonidos, los olores, el roce de su vestido nuevo sobre el piso recien encerado; la mirada de Pedro sobre sus hombros... ¡Esa mirada! Ella caminaba hacia la mesa llevando una charola con dulces de yemas de huevo cuando la sintió, ardiente, quemándole la piel. Giró la cabeza y sus ojos se encontraron con los de Pedro. En ese momento comprendió perfectamente lo que debe sentir la masa de un buñuelo al entrar en contacto con el aceite hirviendo. Era tan real la sensación de calor que invadía todo su cuerpo que ante el temor de que, como a un buñuelo, le empezaran a brotar burbujas por todo el cuerpo —la cara, el vientre, el corazón, los senos— Tita no pudo sostenerle esa mirada y bajando la vista cruzó rápidamente el salón hasta el extremo opuesto, donde Gertrudis pedaleaba en la pianola el vals *Ojos de juventud*. Depositó la charola sobre una mesita de centro, tomó distraídamente una copa de licor de Noyó que encontró en su camino y se sentó junto a Paquita Lobo, vecina del rancho. El poner distancia entre Pedro y ella de nada le sirvió; sentía la sangre correr abrasadoramente por sus venas. Un intenso rubor le cubrió las mejillas y por más esfuerzos que hizo no pudo encontrar un lugar donde posar su mirada. Paquita notó que algo raro le pasaba y mostrando gran preocupación la interrogó:

—Qué rico está el licorcito, ¿verdad?

—¿Mande usted?

—Te veo muy distraída Tita, ¿te sientes bien?

—Sí, muchas gracias.

—Ya tienes edad suficiente como para tomar un poco de licor en ocasiones especiales, pilluela, pero dime, ¿cuentas con la autorización de tu mamá para hacerlo? Porque te noto agitada y temblorosa —y añadió lastimeramente—, mejor ya no tomes, no vayas a dar un espectáculo.

¡Nada más eso le faltaba! Que Paquita Lobo pensara que estaba borracha. No podía permitir que le quedara la menor duda o se exponía a que fuera a llevarle el chisme a su mamá. El terror a su madre la hizo olvidarse por un momento de la presencia de Pedro y trató por todos los medios de convencer a Paquita de la lucidez de su pensamiento y de su agilidad mental. Platicó con ella de algunos chismes y bagatelas. Inclusive le proporcionó la receta del Noyó, que tanto la inquietaba. Este licor se fabrica poniendo cuatro onzas de almendras de alberchigo y media libra de almendras de albaricoque en una azumbre de agua, por venticuatro horas, para que aflojen la piel; luego se pelan, se quebrantan y se ponen en infusión en dos azumbres de agua ardiente, por quince días. Después se procede a la destilación. Cuando se han desleído perfectamente dos libras y media de azúcar quebrantada en el agua se le añaden cuatro onzas de flor de naranja, se forma la mezcla y se filtra. Y para que no quedara ninguna duda referente a su salud física y mental, le recordó a Paquita, así como de refilón, que la equivalencia del azumbre es 2.016 litros, ni más ni menos.

Así que cuando Mamá Elena se acercó a ellas para preguntarle a Paquita si estaba bien atendida, ésta entusiasmada respondió.

—¡Estoy perfectamente! Tienes unas hijas maravillosas. ¡Y su conversación es fascinante!

Mamá Elena le ordenó a Tita que fuera a la cocina por unos bocadillos para repartir entre todos los presentes. Pedro, que en ese momento pasaba por ahí, no por casualidad, se ofreció a ayudarla. Tita caminaba apresuradamente hacia la cocina, sin pronunciar una sola palabra. La cercanía de Pedro la ponía muy nerviosa. Entró y se dirigió con rapidez a tomar una de las charolas con deliciosos bocadillos que esperaban pacientemente en la mesa de la cocina.

Nunca olvidaría el roce accidental de sus manos cuando ambos trataron torpemente de tomar la misma charola al mismo tiempo.

Fue entonces cuando Pedro le confesó su amor.

—Señorita Tita, quisiera aprovechar la oportunidad de poder hablarle a solas para decirle que estoy profundamente enamorado de usted. Sé que esta declaración es atrevida y precipitada, pero es tan difícil acercársele que tomé la decisión de hacerlo esta misma noche. Sólo le pido que me diga si puedo aspirar a su amor.

—No sé qué responderle; deme tiempo para pensar.

—No, no podría, necesito una respuesta en este momento: el amor no se piensa: se siente o no se siente. Yo soy hombre de pocas, pero muy firmes palabras. Le juro que tendrá mi amor por siempre. ¿Qué hay del suyo? ¿Usted también lo siente por mí?

—¡Sí!

Sí, sí y mil veces sí. Lo amó desde esa noche para siempre. Pero ahora tenía que renunciar a él. No era decente desear al futuro esposo de una hermana. Tenía que tratar de ahuyentarlo de su mente de alguna manera para poder dormir. Intentó comer la torta de navidad que Nacha le había dejado sobre su buró, junto con un vaso de leche. En muchas otras ocasiones le había dado excelentes resultados. Nacha, con su gran experiencia, sabía que para Tita no había pena alguna que no lograra desaparecer mientras comía una deliciosa torta de navidad. Pero no en esta ocasión. El vacío que sentía en el estómago no se alivió. Por el contrario, una sensación de naúsea la invadió. Descubrió que el hueco no era de hambre; más bien se trataba de una álgida sensación dolorosa. Era necesario deshacerse de este molesto frío. Como primera medida se cubrió con una pesada cobija y ropa de lana. El frío permanecía inamovible. Entonces se puso zapatos de estambre y otras dos cobijas. Nada. Por último, sacó de su costurero una colcha que había empezado a tejer el día en que Pedro le habló de matrimonio. Una colcha como ésta, tejida a gancho, se termina aproximadamente en un año. Justo el tiempo que Pedro y Tita habían pensado dejar pasar antes de contraer nupcias. Decidió darle utilidad al estambre en lugar de desperdiciarlo y rabiosamente tejió y lloró y tejió, hasta que en la madrugada terminó la colcha y se la echó encima. De nada sirvió. Ni esa noche ni muchas otras mientras vivió logró controlar el frío.

Continuará...

Siguiente receta:

Pastel Chabela (de Boda)

Capítulo II
Febrero
PASTEL CHABELA

INGREDIENTES:

175 gramos de azúcar granulada de primera
300 gramos de harina de primera, tamizada tres veces
17 huevos
Raspadura de un limón

Manera de hacerse:

En una cacerola se ponen 5 yemas de huevo, 4 huevos enteros y el azúcar. Se baten hasta que la masa espesa y se le anexan 2 huevos enteros más. Se sigue batiendo y cuando vuelve a espesar se le agregan otros 2 huevos completos, repitiendo este paso hasta que se terminan de incorporar todos los huevos, de dos en dos. Para elaborar el pastel de boda de Pedro con Rosaura, Tita y Nacha habían tenido que multiplicar por diez las cantidades de esta receta pues en lugar de un pastel para dieciocho personas tenían que preparar uno para ciento ochenta. ¡El resultado da 170 huevos! Y esto significaba que habían tenido que tomar medidas para tener reunida esta cantidad de huevos, de excelente calidad, en un mismo día.

Para lograrlo fueron poniendo en conserva desde hacía varias semanas los huevos que ponían las gallinas de mejor calidad. Este método se utilizaba en el rancho desde época inmemorial para proveerse durante el invierno de este nutritivo y necesario alimento. El mejor tiempo para esta operación es por los meses de agosto y septiembre. Los huevos que se destinen a la conservación deben ser muy frescos. Nacha prefería que fueran del mismo día. Se ponen los huevos en una vasija que se llena de cebo de carnero derretido, próximo a enfriarse, hasta cubrirlos por completo. Esto basta para garantizar su buen estado por varios meses. Ahora que si se desea conservarlos por más de un año, se colocan los huevos en una orza y se cubren con una lechada de un tanto de cal por diez de agua. Después se tapan muy bien para interceptar el aire y se guardan en la bodega. Tita y Nacha habían elegido la primera opción pues no necesitaban conservar los huevos por tantos meses. Junto a ellas, bajo la mesa de la cocina, tenían la vasija donde los habían puesto y de ahí los tomaban para elaborar el pastel.

El esfuerzo fenomenal que representaba el batir tantos huevos empezó a hacer estragos en la mente de Tita cuando iban apenas por los cien huevos batidos. Le parecía inalcanzable llegar a la cifra de 170.

Tita batía mientras Nacha rompía los cascarones y los incorporaba. Un estremecimiento recorría el cuerpo de Tita y, como vulgarmente se dice, se le ponía la piel de gallina cada vez que se rompía un huevo. Asociaba los blanquillos con los testículos de los pollos a los que habían capado un mes antes. Los capones son gallos castrados que se ponen a engordar. Se eligió este platillo para la boda de Pedro con Rosaura por ser uno de los más prestigiados en las buenas mesas, tanto por el trabajo que implica su preparación como por el extraordinario sabor de los capones.

Desde que se fijó la boda para el 12 de enero se mandaron comprar doscientos pollos a los que se les practicó la operación y se pusieron a engordar de inmediato.

Las encargadas de esta labor fueron Tita y Nacha. Nacha por su experiencia y Tita como castigo por no haber querido estar presente el día en que fueron a pedir la mano de su hermana Rosaura, pretextando una jaqueca.

—No voy a permitir tus desmandadas —le dijo Mamá Elena— ni voy a permitir que le arruines a tu hermana su boda, con tu actitud de víctima. Desde ahora te vas a encargar de los preparativos para el banquete y cuidadito y yo te vea una mala cara o una lágrima, ¿oíste?

Tita trataba de no olvidar esta advertencia mientras se disponía a iniciar la primera operación. La capada consiste en hacer una incisión en la parte que cubre los testículos del pollo: se mete el dedo para buscarlos y se arrancan. Luego de ejecutado, se cose la herida y se frota con mantequilla fresca o con enjundia de aves. Tita estuvo a punto de perder el sentido, cuando metió el dedo y jaló los testículos del primer pollo. Sus manos temblaban, sudaba copiosamente y el estómago le giraba como un papalote en vuelo. Mamá Elena le lanzó una mirada taladrante y le dijo:

«¿Qué te pasa? ¿Por qué tiemblas, vamos a empezar con problemas?» Tita levantó la vista y la miró. Tenía ganas de gritarle que sí, que había problemas, se había elegido mal al sujeto apropiado para capar, la adecuada era ella, de esta manera habría al menos una justificación real para que le estuviera negado el matrimonio y Rosaura tomara su lugar al lado del hombre que ella amaba. Mamá Elena, leyéndole la mirada, enfureció y le propinó a Tita una bofetada fenomenal que la hizo rodar por el suelo, junto con el pollo, que pereció por la mala operación.

Tita batía y batía con frenesí, como queriendo terminar de una vez por todas con el martirio. Sólo tenía que batir dos huevos más y la masa para el pastel quedaría lista. Era lo único que faltaba, todo lo demás, incluyendo los platillos para una comida de 20 platos y los bocadillos de entrada, estaban listos para el banquete. En la cocina sólo quedaban Tita, Nacha y Mamá Elena. Chencha, Gertrudis y Rosaura estaban dando los últimos toques al vestido de novia. Nacha, con un gran alivio, tomó el penúltimo huevo para partirlo. Tita, con un grito, impidió que lo hiciera.

—¡No!

Suspendió la batida y tomó el huevo entre sus manos. Claramente escuchaba piar a un pollo dentro del cascarón. Acercó el huevo a su oído y escuchó con más fuerza los pillidos. Mamá Elena suspendió su labor y con voz autoritaria preguntó.

—¿Qué pasa? ¿Qué fue ese grito?

—¡Es que dentro de este huevo hay un pollo! Nacha de seguro no lo puede oir, pero yo sí.

—¿Un pollo? ¿Está loca? ¡Nunca ha pasado algo parecido con los huevos en conserva!

De dos zancadas, llegó hasta donde estaba Tita, le arrebató el huevo de las manos y lo partió. Tita cerró los ojos con fuerza.

—¡Abre los ojos y mira tu pollo!

Tita abrió los ojos lentamente. Con sorpresa vio que lo que creía un pollo no era mas que un huevo y bastante fresco, por cierto.

—Escúchame bien Tita, me estás colmando la paciencia, no te voy a permitir que empieces con locuras. ¡Ésta es la primera y la última! ¡O te aseguro que te arrepentirás!

Tita nunca pudo explicar qué fue lo que pasó esa noche, si lo que escuchó fue producto del cansancio o una alucinación de su mente. Por lo pronto lo más conveniente era volver a la batida, no quería investigar cuál era el límite de la paciencia de su madre.

Cuando se baten los dos últimos huevos, se incorpora la ralladura del limón; cuando ha espesado bastante la masa, se deja de batir y se le pone la harina tamizada, mezclándola poco a poco con una espátula de madera, hasta incorporarla toda. Por último se engrasa un molde con mantequilla, se espolvorea con harina y se le vacía la pasta. Se cuece en horno por treinta minutos.

Nacha, después de preparar durante tres días veinte platillos diferentes, se encontraba muerta de cansancio y no veía llegar la hora de meter el pastel al horno para por fin poderse ir a descansar. Tita por esta vez no era muy buena ayudante que digamos. En ningún momento se había quejado, tal vez porque la mirada escrutadora de su madre no se lo permitía, pero en cuanto vio a Mamá Elena salir de la cocina para dirigirse a sus habitaciones, lanzó un interminable suspiro. Nacha, a su lado, le quitó suavemente la pala de las manos, la abrazó y dijo:

—Ya no hay nadie en la cocina mi niña, llora ahora, porque mañana no quiero que te vean hacerlo. Mucho menos Rosaura.

Nacha suspendió la batida porque sentía que Tita estaba a punto de un colapso nervioso, bueno, ella no lo conocía con ese nombre, pero con su inmensa sabiduría comprendía que Tita no podía más. La verdad, ella tampoco. Rosaura y Nacha nunca se habían llevado bien. A Nacha le molestaba mucho que desde niña Rosaura fuera melindrosa con la comida. Siempre la dejaba intacta en el plato, o se la daba a escondidas al *Tequila*, el papá del *Pulque* (el perro del rancho). Nacha le ponía de ejemplo a Tita que siempre comió muy bien y de todo. Bueno, sólo había un alimento que no era del agrado de Tita, se trataba del huevo tibio que Mamá Elena la obligaba a comer. De ahí en fuera, como Nacha se había encargado de su educación culinaria, Tita no sólo comía lo acostumbrado, sino que comía, además, jumiles, gusanos de maguey, acosiles, tepezcuintle, armadillo, etc., ante el horror de Rosaura. De ahí nació la aversión de Nacha para con Rosaura y la rivalidad entre las dos hermanas, que culminaba con esta boda en la que Rosaura se casaba con el hombre que Tita amaba. Lo que Rosaura no sabía, aunque lo sospechaba, era que Pedro amaba a Tita con un amor inconmensurable. Era de entender entonces que Nacha tomara partido por Tita y tratara por todos los medios de evitarle sufrimientos. Nacha le secaba con su delantal las lágrimas que rodaban por la cara de Tita y le decía.

—Ya mi niña, ya vamos a terminar.

Pero se tardaron más de lo acostumbrado pues la masa no podía espesar debido a las lágrimas de Tita.

Y así, abrazadas, permanecieron llorando hasta que a Tita no le quedaron más lágrimas en los ojos. Entonces lloró en seco y dicen que eso duele más, como el parto seco, pero al menos no seguía mojando la masa del pastel, pudiendo continuar con el paso siguiente, que es del relleno.

RELLENO:

150 gramos de pasta de chabacano
150 gramos de azúcar granulada

Manera de hacerse:

Se ponen los chabacanos al fuego con muy poca agua, se dejan hervir y se pasan por un cedazo o tamiz; si no se tiene, se puede usar una vulgar coladera. Se pone esta pasta en una cacerola, se le agrega el azúcar y se pone al fuego sin dejar de moverla hasta que toma punto de mermelada. Se retira del fuego y se deja enfriar un poco antes de ponerla en la parte de en medio del pastel, que por supuesto se ha partido con anterioridad.

Afortunadamente, un mes antes de la boda, Nacha y Tita habían preparado varios frascos con conservas de chabacano, higo y camote con piña. Gracias a eso evitaron el trabajo de preparar la mermelada ese mismo día.

Ellas estaban acostumbradas a preparar cantidades enormes de mermelada en un gran cazo que se ponía en el patio, para aprovechar la fruta de la temporada. Lo colocaban encima de una fogata y para menear la mermelada tenían que cubrirse los brazos con sábanas viejas. Esto evitaba que un borbotón de la misma brincara y les quemara la piel.

En cuanto Tita abrió el frasco, el olor de los chabacanos la hizo remitirse a la tarde en que prepararon la mermelada. Tita venía del huerto cargando la fruta sobre su falda pues había olvidado la canasta. Traía recogida la falda cuando entró y cuál no sería su sorpresa al toparse con Pedro en la cocina. Pedro se dirigía al patio trasero a preparar la carretela. Tenían que ir al pueblo a entregar unas invitaciones y como el caballerango no se había presentado ese día en el rancho, él mismo tenía que encargarse de esa labor. En cuanto Nacha lo vio entrar a la cocina salió casi corriendo, pretextando ir por epazote para los frijoles. Tita, de la sorpresa, dejó caer algunos chabacanos sobre el piso. Pedro rápidamente corrió a ayudarla a recogerlos. Y al inclinarse pudo ver una parte de las piernas de Tita que quedaba al descubierto.

Tita, tratando de evitar que Pedro mirara, dejó caer su falda.

Al hacerlo, el resto de los chabacanos rodaron sobre la cabeza de Pedro.

—Perdóneme Pedro. ¿Lo lastimé?

—No tanto como yo la he lastimado, déjeme decirle que mi propósito...

—No le he pedido ninguna explicación.

—Es necesario que me permita dirigirle unas palabras...

—Una vez lo hice y resultaron una mentira, no quiero escucharlo más...

Y diciendo esto, Tita salió rápidamente de la cocina, por la otra puerta, hacia la sala, donde Chencha y Gertrudis bordaban la sábana nupcial. Era una sábana de seda blanca a la que le estaban haciendo un delicado bordado en el centro. Este orificio estaba destinado a mostrar únicamente las partes nobles de la novia en los momentos íntimos del matrimonio. Realmente habían tenido suerte en haber podido conseguir seda francesa en esas épocas de inestabilidad política. La revolución no permitía que uno viajara de una manera segura por el país; así es que, de no haber sido por un chino, que se dedicaba al contrabando, no les hubiera sido posible conseguir la tela, pues Mamá Elena no habría permitido que ninguna de sus hijas se arriesgara yendo a la capital a comprar lo necesario para el vestido y el ajuar de Rosaura. Este chinito era bastante listo: vendía en la capital aceptando billetes del ejército revolucionario del norte, ahí carecían de valor y no eran negociables. Claro que los aceptaba a precios irrisorios y con ese dinero viajaba al norte, donde los billetes adquirían su precio real y con ellos compraba mercancía.

En el norte, por supuesto, aceptaba billetes emitidos en la capital a precios ínfimos y así se la pasó toda la revolución, hasta que terminó millonario. Pero lo importante era que gracias a él Rosaura pudo gozar de las telas más finas y exquisitas para su boda.

Tita quedó como hipnotizada, observando la blancura de la sábana; sólo fueron algunos segundos, pero los suficientes como para causarle una especie de ceguera. Donde quiera que fijaba la vista sólo distinguía el color blanco. A Rosaura, que se encontraba escribiendo a mano unas invitaciones, la percibía como un níveo fantasma. Disimuló tan bien lo que le pasaba que nadie lo notó.

No quería provocar otro regaño de Mamá Elena. Así que cuando los Lobo llegaron a entregar su regalo de bodas, procuró agudizar sus sentidos para descubrir a quiénes estaba saludando pues para ella eran como un espectáculo de sombras chinas cubiertos por una blanca sábana. Afortunadamente la voz chillante de Paquita le dio la clave y los pudo saludar sin mayor problema.

Más tarde, cuando los acompañó a la entrada del rancho, notó que hasta la noche se mostraba ante ella como nunca la había visto: reluciente de albor.

Le dio miedo que le fuera a pasar lo mismo en estos momentos, cuando por más que trataba de concentrarse en la elaboración del fondant para cubrir el pastel, no podía. La atemorizaba la blancura del azúcar granulada, sentía que de un momento a otro el color blanco se adueñaría de su mente, sin que ella lo pudiera impedir, arrastrando las cándidas imágenes de su niñez cuando en el mes de mayo la llevaban vestida de blanco a ofrecer flores blancas a la Virgen. Entrada caminando entre una fila de niñas vestidas de blanco, hasta el altar lleno de velas y flores blancas, iluminado por una celestial luz blanca proveniente del vitral de la blanca parroquia. No hubo una sola vez en que no entrara a la iglesia, soñando en que algún día lo haría del brazo de un hombre. Tenía que bloquear no solo éste sino todos aquellos recuerdos que la lastimaran: tenía que terminar el fondant para el pastel de boda de su hermana. Haciendo un esfuerzo supremo empezó a prepararlo.

CANTIDADES PARA EL FONDANT

> 800 gramos de azúcar granulada
> 60 gotas de limón y el agua suficiente
> para que remoje el azúcar

Manera de hacerlo:

Se ponen en una cacerola, el azúcar y el agua al fuego sin dejar de moverla, hasta que empieza a hervir. Se cuela en otra cacerola y se vuelve a poner al fuego agregándole el limón hasta que tome punto de bola floja, limpiando de vez en cuando los bordes de la cacerola con un lienzo húmedo para que la miel no se azucare; cuando ha tomado el punto anteriormente indicado se vacía en otra cacerola húmeda, se rocía por encima y se deja enfriar un poco.

Después, con una espátula de madera, se bate hasta que empaniza.

Para aplicarlo, se le pone una cucharada de leche y se vuelve a poner al fuego para que se deslíe, se pone después una gota de carmín y se cubre con él únicamente la parte superior del pastel.

Nacha se dio cuenta de que Tita estaba mal, cuando ésta le preguntó si no le iba a poner el carmín.

—Mi niña, se lo acabo de poner, ¿no ves el color rosado que tiene?

—No...

—Vete a dormir niña, yo termino el turrón. Sólo las ollas saben los hervores de su caldo, pero yo adivino los tuyos, y ya deja de llorar, que me estás mojando el fondant y no va a servir, anda, ya vete.

Nacha cubrió de besos a Tita y la empujó fuera de la cocina. No se explicaba de dónde había sacado nuevas lágrimas, pero las había sacado y alterado con ellas la textura del turrón. Ahora le costaría doble esfuerzo dejarlo en su punto. Ya sola se dio a la tarea de terminar con el turrón lo más pronto posible, para irse a dormir. El turrón se hace con 10 claras de huevo y 500 gramos de azúcar batidos a punto de hebra fuerte.

Cuando terminó, se le ocurrió darle un dedazo al fondant, para ver si las lágrimas de Tita no habían alterado el sabor. Y no, aparentemente, no alteraron al sabor, pero sin saber por qué, a Nacha le entró de golpe una gran nostalgia. Recordó uno a uno todos los banquetes de boda que había preparado para la familia De la Garza con la ilusión de que el próximo fuera el suyo. A sus 85 años no valía la pena llorar, ni lamentarse de que nunca hubieran llegado ni el esperado banquete ni la esperada boda, a pesar de que el novio sí llegó, ¡vaya que había llegado! Sólo que la mamá de Mamá Elena se había encargado de ahuyentarlo. Desde entonces se había conformado con gozar de las bodas ajenas y así lo hizo por muchos años sin repelar. No sabía por qué lo hacía ahora. Sentía que era una reverenda tontería, pero no podía dejar de hacerlo. Cubrió con el turrón lo mejor que pudo el pastel y se fue a su cuarto, con un fuerte dolor de pecho. Lloró toda la noche y a la mañana siguiente no tuvo ánimos para asistir a la boda.

Tita hubiera dado cualquier cosa por estar en el lugar de Nacha, pues ella no sólo tenía que estar presente en la iglesia, se sintiera como se sintiera, sino que tenía que estar muy pendiente de que su rostro no revelara la menor emoción. Creía poder lograrlo siempre y cuando su mirada no se cruzara con la de Pedro. Ese incidente podría destrozar toda la paz y tranquilidad que aparentaba.

Sabía que ella, más que su hermana Rosaura, era el centro de atención. Los invitados, más que cumplir con un acto social, querían regodearse con la idea de su sufrimiento, pero no los complacería, no. Podía sentir claramente cómo penetraban por sus espaldas los cuchicheos de los presentes a su paso.

—¿Ya viste a Tita? ¡Pobrecita, su hermana se va a casar con su novio! Yo los vi un día en la plaza del pueblo, tomados de la mano. ¡Tan felices que se veían!

—¿No me digas? ¡Pues Paquita dice que ella vio cómo un día, en plena misa, Pedro le pasó a Tita una carta de amor, perfumada y todo!

—¡Dicen que van a vivir en la misma casa! ¡Yo que Elena no lo permitía!

—No creo que lo haga. ¡Ya ves cómo son los chismes!

No le gustaban nada esos comentarios. El papel de perdedora no se había escrito para ella. ¡Tenía que tomar una clara actitud de triunfo! Como una gran actriz representó su papel dignamente, tratando de que su mente estuviera ocupada no en la marcha nupcial ni en las palabras del sacerdote ni en el lazo y los anillos.

Se transportó al día en que a los 9 años se había ido de pinta con los niños del pueblo. Tenía prohibido jugar con varones, pero ya estaba harta de los juegos con sus hermanas. Se fueron a la orilla del río grande para ver quién era capaz de cruzarlo a nado, en el menor tiempo. Qué placer sintió ese día al ser ella la ganadora.

Otro de sus grandes triunfos ocurrió un tranquilo día domingo en el pueblo. Ella tenía 14 años y paseaba en carretela acompañada de sus hermanas, cuando unos niños lanzaron un cohete. Los caballos salieron corriendo espantadísimos. En las afueras del pueblo se desbocaron y el cochero perdió el control del vehículo.

Tita lo hizo a un lado de un empujón y ella sola pudo dominar a los cuatro caballos. Cuando algunos hombres del pueblo a galope las alcanzaron para ayudarlas, se admiraron de la hazaña de Tita.

En el pueblo la recibieron como a una heroína.

Estas y otras muchas remembranzas parecidas la tuvieron ocupada durante la ceremonia, haciéndola lucir una apacible sonrisa de gata complacida, hasta que a la hora de los abrazos tuvo que felicitar a su hermana. Pedro, que estaba junto a ella, le dijo a Tita:

—¿Y a mí no me va a felicitar?

—Sí, cómo no. Que sea muy feliz.

Pedro, abrazándola más cerca de lo que las normas sociales permiten, aprovechó la única oportunidad que tenía de poder decirle a Tita algo al oído:

—Estoy seguro de que así será, pues logré con esta boda lo que tanto anhelaba: estar cerca de usted, la mujer que verdaderamente amo...

Las palabras que Pedro acababa de pronunciar fueron para Tita como refrescante brisa que enciende los restos de carbón a punto de apagarse. Su cara por tantos meses forzada a no mostrar sus sentimientos experimentó un cambio incontrolable, su rostro reflejó gran alivio y felicidad. Era como si toda esa casi extinguida ebullición interior se viera reavivada de pronto por el fogoso aliento de Pedro sobre su cuello, sus ardientes manos sobre su espalda, su impetuoso pecho sobre sus senos... Pudo haberse quedado para siempre así, de no ser por la mirada que Mamá Elena le lanzó y la hizo separarse de él rápidamente. Mamá Elena se acercó a Tita y le preguntó:

—¿Qué fue lo que Pedro te dijo?

—Nada, mami.

—A mí no me engañas, cuando tú vas, yo ya fui y vine, así que no te hagas la mosquita muerta. Pobre de ti si te vuelvo a ver cerca de Pedro.

Después de estas amenazantes palabras de Mamá Elena, Tita procuró estar lo más alejada de Pedro que pudo. Lo que le fue imposible fue borrar de su rostro una franca sonrisa de satisfacción. Desde ese momento la boda tuvo para ella otro significado.

Ya no le molestó para nada ver cómo Pedro y Rosaura iban de mesa en mesa brindando con los invitados, ni verlos bailar el vals, ni verlos más tarde partir el pastel. Ahora ella sabía que era cierto: Pedro la amaba. Se moría por que terminara el banquete para correr al lado de Nacha a contarle todo. Con impaciencia esperó a que todos comieran su pastel para poder retirarse. El manual de Carreño le impedía hacerlo antes, pero no le vedaba el flotar entre nubes mientras comía apuradamente su rebanada. Sus pensamientos la tenían tan ensimismada que no le permitieron observar que algo raro sucedía a su alrededor. Una inmensa nostalgia se adueñaba de todos los presentes en cuanto le daban el primer bocado al pastel. Inclusive Pedro, siempre tan propio, hacía un esfuerzo tremendo por contener las lágrimas. Y Mamá Elena, que ni cuando su esposo murió había derramado una infeliz lágrima, lloraba silenciosamente. Y eso no fue todo, el llanto fue el primer síntoma de una intoxicación rara que tenía algo que ver con una gran melancolía y frustración que hizo presa de todos los invitados y los hizo terminar en el patio, los corrales y los baños añorando cada uno al amor de su vida. Ni uno solo escapó del hechizo y sólo algunos afortunados llegaron a tiempo a los baños; los que no, participaron de la vomitona colectiva que se organizó en pleno patio. Bueno, la única a quien el pastel le hizo lo que el viento a Juárez fue a Tita. En cuanto terminó de comerlo abandonó la fiesta. Quería notificarle a Nacha cuanto antes que estaba en lo cierto al decir que Pedro la amaba sólo a ella. Por ir imaginando la cara de felicidad que Nacha pondría no se percató de la desdicha que crecía a su paso hasta llegar a alcanzar niveles patéticamente alarmantes.

Rosaura, entre arqueadas, tuvo que abandonar la mesa de honor.

Procuraba por todos los medios controlar la náusea, ¡pero ésta era más poderosa que ella! Tenía toda la intención de salvar su vestido de novia de las deposiciones de los parientes y amigos, pero al intentar cruzar el patio resbaló y no hubo un solo pedazo de su vestido que quedara libre de vómito. Un voluminoso río maciento la envolvió y la arrastró algunos metros, provocando que sin poderse resistir más lanzara como un volcán en erupción estruendosas bocanadas de vómito ante la horrorizada mirada de Pedro. Rosaura lamentó muchísimo este incidente que arruinó su boda y no hubo poder humano que le quitara de la mente que Tita había mezclado algún elemento en el pastel.

Pasó toda la noche entre quejidos y el tormento que le provocaba la idea de deponer sobre las sábanas que tanto tiempo se había tardado en bordar. Pedro, apresuradamente, le sugirió dejar para otro día la culminación de la noche de bodas. Pero pasaron meses antes de que Pedro sintiera la obligación de hacerlo y de que Rosaura se atreviera a decirle que ya se sentía perfectamente bien. Pedro hasta ese momento comprendió que no podía rehusarse a realizar su labor de semental por más tiempo y esa misma noche, utilizando la sábana nupcial, se arrodilló frente a su cama y a manera de rezo dijo:

—Señor, no es por vicio ni por fornicio sino por dar un hijo a tu servicio.

Tita nunca imaginó que había tenido que pasar tanto tiempo para que la mentada boda se consumara. Ni siquiera le importó cómo fue y mucho menos si había sido el día de la ceremonia religiosa o cualquier otro día.

Estaba más preocupada por salvar su pellejo que por otra cosa. La noche de la fiesta había recibido de manos de Mamá Elena una paliza fenomenal, como nunca antes la había recibido ni la volvería a recibir. Pasó dos semanas en cama reponiéndose de los golpes. El motivo de tan colosal castigo fue la certeza que tenía Mamá Elena de que Tita, en contubernio con Nacha, había planeado premeditadamente arruinar la boda de Rosaura, mezclando algún vomitivo en el pastel. Tita nunca la pudo convencer de que el único elemento extraño en él fueron las lágrimas que derramó al prepararlo. Nacha no pudo atestiguar en su favor, pues cuando Tita había llegado a buscarla el día de la boda la había encontrado muerta, con los ojos abiertos, chiqueadores en las sienes y la foto de un antiguo novio en las manos.

Continuará...

Siguiente receta:

Codornices en pétalos de rosas

Capítulo III
Marzo
CODORNICES EN PÉTALOS DE ROSAS

INGREDIENTES:

12 rosas, de preferencia rojas
12 castañas
Dos cucharadas de mantequilla
Dos cucharadas de fécula de maíz
Dos gotas de esencia de rosas
Dos cucharadas de anís
Dos cucharadas de miel
Dos ajos
6 codornices
1 pithaya

Manera de hacerse:

Se desprenden con mucho cuidado los pétalos de las rosas, procurando no pincharse los dedos, pues aparte de que es muy doloroso (el piquete), los pétalos pueden quedar impregnados de sangre y esto, aparte de alterar el sabor del platillo, puede provocar reacciones químicas, por demás peligrosas.

Pero Tita era incapaz de recordar este pequeño detalle ante la intensa emoción que experimentaba al recibir un ramo de rosas, de manos de Pedro. Era la primera emoción profunda que sentía desde el día de la boda de su hermana, cuando escuchó la declaración del amor que Pedro sentía por ella y que trataba de ocultar a los ojos de los demás. Mamá Elena, con esa rapidez y agudeza de pensamiento que tenía, sospechaba lo que podría pasar si Pedro y Tita tenían oportunidad de estar a solas. Por tanto, haciendo gala de asombrosas artes de prestidigitación, hasta ahora, se las había ingeniado de maravilla para ocultar al uno de los ojos y el alcance del otro. Pero se le escapó un minúsculo detalle: a la muerte de Nacha, Tita era entre todas las mujeres de la casa la más capacitada para ocupar el puesto vacante de la cocina, y ahí escapaban de su riguroso control los sabores, los olores, las texturas y lo que éstas pudieran provocar.

Tita era el último eslabón de una cadena de cocineras que desde la época prehispánica se habían transmitido los secretos de la cocina de generación en generación y estaba considerada como la mejor exponente de este maravilloso arte, el arte culinario. Por tanto su nombramiento como cocinera oficial del rancho fue muy bien recibido por todo el mundo. Tita aceptó el cargo con agrado, a pesar de la pena que sentía por la ausencia de Nacha.

Esta lamentable muerte tenía a Tita en un estado de depresión muy grande. Nacha, al morir, la había dejado muy sola. Era como si hubiera muerto su verdadera madre. Pedro, tratando de ayudarla a salir adelante, pensó que sería un buen detalle llevarle un ramo de rosas al cumplir su primer año como cocinera del rancho. Pero Rosaura —que esperaba su primer hijo— no opinó lo mismo, y en cuanto lo vio entrar con el ramo en las manos y dárselo a Tita en vez de a ella, abandonó la sala presa de un ataque de llanto.

Mamá Elena, con sólo una mirada, le ordenó a Tita salir de la sala y deshacerse de las rosas. Pedro se dio cuenta de su osadía bastante tarde. Pero Mamá Elena, lanzándole la mirada correspondiente, le hizo saber que aún podía reparar el daño causado. Así que, pidiendo una disculpa, salió en busca de Rosaura. Tita apretaba las rosas con tal fuerza contra su pecho que, cuando llegó a la cocina, las rosas, que en un principio eran de color rosado, ya se habían vuelto rojas por la sangre de las manos y el pecho de Tita. Tenía que pensar rápidamente qué hacer con ellas. ¡Estaban tan hermosas! No era posible tirarlas a la basura, en primera porque nunca antes había recibido flores y en segunda porque se las había dado Pedro. De pronto escuchó claramente la voz de Nacha, dictándole al oído una receta prehispánica donde se utilizaban pétalos de rosa. Tita la tenía medio olvidada, pues para hacerla se necesitaban faisanes y en el rancho nunca se habían dedicado a criar ese tipo de aves.

Lo único que tenían en ese momento era codornices, así que decidió alterar ligeramente la receta, con tal de utilizar las flores.

Sin pensarlo más salió al patio y se dedicó a perseguir codornices. Después de atrapar a seis de ellas las metió a la cocina y se dispuso a matarlas, lo cual no le era nada fácil después de haberlas cuidado y alimentado por tanto tiempo.

Tomando una gran respiración, agarró a la primera y le retorció el pescuezo como había visto a Nacha hacerlo tantas veces, pero con tan poca fuerza que la pobre codorniz no murió, sino que se fue quejando lastimeramente por toda la cocina, con la cabeza colgando de lado. ¡Esta imagen la horrorizó! Comprendió que no se podía ser débil en esto de la matada: o se hacía con firmeza o sólo se causaba un gran dolor. En ese momento pensó en lo bueno que sería tener la fuerza de Mamá Elena. Ella mataba así, de tajo, sin piedad. Bueno, aunque pensándolo bien, no. Con ella había hecho una excepción, la había empezado a matar desde niña, poco a poquito, y aún no le daba el golpe final. La boda de Pedro con Rosaura la había dejado como a la codorniz, con la cabeza y el alma fracturada, y antes de permitir que la codorniz sintiera los mismos dolores que ella, en un acto de piedad, con gran decisión, rápidamente la ultimó. Con las demás todo fue más fácil. Sólo trataba de imaginar que cada una de las codornices tenía atorado un huevo tibio en el buche y que ella piadosamente las liberaba de ese martirio dándoles un buen torzón. Cuando niña, muchas veces deseó morir antes que desayunar el consabido y obligatorio huevo tibio. Mamá Elena la obligaba a comerlo. Ella sentía que el esófago se le cerraba fuerte, muy fuerte, incapaz de poder deglutir alimento alguno, hasta que su madre le propinaba un coscorrón que tenía el efecto milagroso de desbaratarle el nudo en la garganta, por la que entonces se deslizaba el huevo sin ningún problema. Ahora se sentía más tranquila y los siguientes pasos los realizó con gran destreza.

Tal parecía que era la misma Nacha la que en el cuerpo de Tita realizaba todas estas actividades: desplumar las aves en seco, sacarles las vísceras y ponerlas a freír.

Después de desplumadas y vaciadas las codornices, se les recogen y atan las patas, para que conserven una posición graciosa mientras se ponen a dorar en la mantequilla, espolvoreadas con pimienta y sal al gusto.

Es importante que se desplume a las codornices en seco, pues el sumergirlas en agua hirviendo altera el sabor de la carne. Éste es uno de los innumerables secretos de la cocina que sólo se adquieren con la práctica. Como Rosaura no había querido participar de las actividades culinarias desde que se quemó las manos en el comal, lógicamente ignoraba éste y muchos otros conocimientos gastronómicos. Sin embargo, quién sabe si por querer impresionar a Pedro, su esposo, o por querer establecer una competencia con Tita en sus terrenos, en una ocasión intentó cocinar. Cuando Tita amablemente quiso darle algunos consejos, Rosaura se molestó enormemente y le pidió que la dejara sola en la cocina.

Obviamente el arroz se le batió, la carne se le saló y el postre se le quemó. Nadie en la mesa se atrevió a mostrar ningún gesto de desagrado, pues Mamá Elena a manera de sugerencia había comentado:

—Es la primera vez que Rosaura cocina y opino que no lo hizo tan mal. ¿Qué opina usted Pedro?

Pedro, haciendo un soberano esfuerzo, respondió sin ánimo de lastimar a su esposa.

—No, para ser la primera vez no está tan mal.

Por supuesto esa tarde toda la familia se enfermó del estómago.

Fue una verdadera tragedia, claro que no tanta como la que se suscitó en el rancho ese día. La fusión de la sangre de Tita con los pétalos de las rosas que Pedro le había regalado resultó ser de lo más explosiva.

Cuando se sentaron a la mesa había un ambiente ligeramente tenso, pero no pasó a mayores hasta que se sirvieron las codornices. Pedro, no contento con haber provocado los celos de su esposa, sin poderse contener, al saborear el primer bocado del platillo, exclamó, cerrando los ojos con verdadera lujuria.

—¡Éste es un placer de los dioses!

Mamá Elena, aunque reconocía que se trataba de un guiso verdaderamente exquisito, molesta por el comentario dijo:

—Tiene demasiada sal.

Rosaura, pretextando náuseas y mareos, no pudo comer más que tres bocados. En cambio a Gertrudis algo raro le pasó.

Parecía que el alimento que estaba ingiriendo producía en ella un efecto afrodisíaco pues empezó a sentir que un intenso calor le invadía las piernas. Un cosquilleo en el centro de su cuerpo no la dejaba estar correctamente sentada en su silla. Empezó a sudar y a imaginar qué se sentiría ir sentada a lomo de un caballo, abrazada por un villista, uno de esos que había visto una semana antes entrando a la plaza del pueblo, oliendo a sudor, a tierra, a amaneceres de peligro e incertidumbre, a vida y a muerte. Ella iba al mercado en compañía de Chencha la sirvienta, cuando lo vio entrar por la calle principal de Piedras Negras, venía al frente de todos, obviamente capitaneando a la tropa. Sus miradas se encontraron y lo que vio en los ojos de él la hizo temblar. Vio muchas noches junto al fuego deseando la compañía de una mujer a la cual pudiera besar, una mujer a la que pudiera abrazar, una mujer... como ella. Sacó su pañuelo y trató de que junto con el sudor se fueran de su mente todos esos pensamientos pecaminosos.

Pero era inútil, algo extraño le pasaba. Trató de buscar apoyo en Tita pero ella estaba ausente, su cuerpo estaba sobre la silla, sentado, y muy correctamente, por cierto, pero no había ningún signo de vida en sus ojos. Tal parecía que en un extraño fenómeno de alquimia su ser se había disuelto en la salsa de las rosas, en el cuerpo de las codornices, en el vino y en cada uno de los olores de la comida. De esta manera penetraba en el cuerpo de Pedro, voluptuosa, aromática, calurosa, completamente sensual.

Parecía que habían descubierto un código nuevo de comunicación en el que Tita era la emisora, Pedro el receptor y Gertrudis la afortunada en quien se sintetizaba esta singular relación sexual, a través de la comida.

Pedro no opuso resistencia, la dejó entrar hasta el último rincón de su ser sin poder quitarse la vista el uno del otro. Le dijo:

—Nunca había probado algo tan exquisito, muchas gracias.

Es que verdaderamente este platillo es delicioso. Las rosas le proporcionan un sabor de lo más refinado.

Ya que se tienen los pétalos deshojados se muelen en el molcajete junto con el anís. Por separado, las castañas se ponen a dorar en el comal, se descascaran y se cuecen en agua. Después, se hacen puré. Los ajos se pican finamente y se doran en la mantequilla; cuando están acitronados, se les agregan el puré de castañas, la miel, la pithaya molida, los pétalos de rosa y sal al gusto. Para que espese un poco la salsa se le pueden añadir dos cucharaditas de fécula de maíz. Por último, se pasa por un tamiz y se le agregan sólo dos gotas de esencia de rosas, no más, pues se corre el peligro de que quede muy olorosa y pasada de sabor. En cuanto está sazonada se retira del fuego. Las codornices sólo se sumergen durante diez minutos en esta salsa para que se impregnen de sabor y se sacan.

El aroma de la esencia de rosas es tan penetrante que el molcajete que se utilizaba para moler los pétalos quedaba impregnado por varios días.

La encargada de lavarlo junto con los demás trastes que se utilizaban en la cocina era Gertrudis. Esta labor la realizaba después de comer, en el patio, pues aprovechaba para echar a los animales la comida que había quedado en las ollas. Además, como los trastes de cocina eran tan grandes, los lavaba mejor en el fregadero. Pero el día de las codornices no lo hizo, le pidió de favor a Tita que lo hiciera por ella. Gertrudis realmente se sentía indispuesta, sudaba copiosamente por todo el cuerpo. Las gotas que le brotaban eran de color rosado y tenían un agradable y penetrante olor a rosas. Sintió una imperiosa necesidad de darse un baño y corrió a prepararlo.

En la parte trasera del patio, junto a los corrales y el granero, Mamá Elena había mandado instalar una regadera rudimentaria. Se trataba de un pequeño cuarto construido con tablones unidos, sólo que entre uno y otro quedaban hendiduras lo suficientemente grandes como para ver, sin mayor problema, al que estuviera tomando el baño. De cualquier manera fue la primera regadera de la que el pueblo tuvo noticia. La había inventado un primo de Mamá Elena que vivía en San Antonio, Texas. Tenía una caja como a dos metros de altura con capacidad para 40 litros, a la cual se le tenía que depositar el agua con anterioridad, para que pudiera funcionar utilizando la fuerza de gravedad. Costaba trabajo subir las cubetas llenas de agua por una escalera de madera, pero después era una delicia sólo abrir una llave y sentir correr el agua por todo el cuerpo de un solo golpe y no en abonos, como sucedía cuando uno se bañaba a jicarazos. Años después los gringos le pagaron una bicoca al primo por su invento y lo perfeccionaron. Fabricaron miles de regaderas sin necesidad del mentado depósito, pues utilizaron tubería para que funcionaran.

¡Si Gertrudis hubiera sabido! La pobre subió y bajó como diez veces cargando las cubetas. Estuvo a punto de desfallecer pues este brutal ejercicio intensificaba el abrasador calor que sentía.

Lo único que la animaba era la ilusión del refrescante baño que la esperaba, pero desgraciadamente no lo pudo disfrutar pues las gotas que caían de la regadera no alcanzaban a tocarle el cuerpo: se evaporaban antes de rozarla siquiera. El calor que despedía su cuerpo era tan intenso que las maderas empezaron a tronar y a arder. Ante el pánico de morir abrasada por las llamas salió corriendo del cuartucho, así como estaba, completamente desnuda.

Para entonces el olor a rosas que su cuerpo despedía había llegado muy, muy lejos. Hasta las afueras del pueblo, en donde revolucionarios y federales libraban una cruel batalla. Entre ellos sobresalía por su valor el villista ese, el que había entrado una semana antes a Piedras Negras y se había cruzado con ella en la plaza.

Una nube rosada llegó hasta él, lo envolvió y provocó que saliera a todo galope hacia el rancho de Mamá Elena. Juan, que así se llamaba el sujeto, abandonó el campo de batalla dejando atrás a un enemigo a medio morir, sin saber para qué. Una fuerza superior controlaba sus actos. Lo movía una poderosa necesidad de llegar lo más pronto posible al encuentro de algo desconocido en un lugar indefinido. No le fue difícil dar. Lo guiaba el olor del cuerpo de Gertrudis. Llegó justo a tiempo para descubrirla corriendo en medio del campo. Entonces supo para qué había llegado hasta allí. Esta mujer necesitaba imperiosamente que un hombre le apagara el fuego abrasador que nacía en sus entrañas.

Un hombre igual de necesitado de amor que ella, un hombre como él.

Gertrudis dejó de correr en cuanto lo vio venir hacia ella. Desnuda como estaba, con el pelo suelto cayéndole hasta la cintura e irradiando una luminosa energía, representaba lo que sería una síntesis entre una mujer angelical y una infernal. La delicadeza de su rostro y la perfección de su inmaculado y virginal cuerpo contrastaban con la pasión y la lujuria que le salía atropelladamente por los ojos y los poros. Estos elementos, aunados al deseo sexual que Juan por tanto tiempo había contenido por estar luchando en la sierra, hicieron que el encuentro entre ambos fuera espectacular.

Él, sin dejar de galopar para no perder tiempo, se inclinó, la tomó de la cintura, la subió al caballo delante de él, pero acomodándola frente a frente y se la llevó. El caballo, aparentemente siguiendo también órdenes superiores, siguió galopando como si supiera perfectamente cuál era su destino final, a pesar de que Juan le había soltado las riendas para poder abrazar y besar apasionadamente a Gertrudis. El movimiento del caballo se confundía con el de sus cuerpos mientras realizaban su primera copulación a todo galope y con alto grado de dificultad.

Todo fue tan rápido que la escolta que seguía a Juan tratando de interceptarlo nunca lo logró. Decepcionados dieron media vuelta y el informe que llevaron fue que el capitán había enloquecido repentinamente durante la batalla y que por esta causa había desertado del ejército.

Generalmente, ésa es la manera en que se escribe la historia, a través de las versiones de los testigos presenciales, que no siempre corresponden a la realidad. Pues el punto de vista de Tita sobre lo acontecido era totalmente diferente al de estos revolucionarios. Ella había observado todo desde el patio donde estaba lavando los trastes. No perdió detalle a pesar de que le interferían la visión una nube de vapor rosado y las llamas del cuarto de baño. A su lado, Pedro también tuvo la suerte de contemplar el espectáculo, pues había salido al patio por su bicicleta para ir a dar un paseo.

Y como mudos espectadores de una película, Pedro y Tita se emocionaron hasta las lágrimas al ver a sus héroes realizar el amor que para ellos estaba prohibido. Hubo un momento, un solo instante en que Pedro pudo haber cambiado el curso de la historia. Tomando a Tita de la mano alcanzó a pronunciar: —Tita... Sólo eso. No tuvo tiempo de decir más. La sucia realidad se lo impidió. Se escuchó un grito de Mamá Elena preguntando qué era lo que pasaba en el patio. Si Pedro le hubiera pedido a Tita huir con él, ella no lo hubiera pensado ni tantito, pero no lo hizo, sino que montando rápidamente en la bicicleta se fue pedaleando su rabia. No podía borrar de su mente la imagen de Gertrudis corriendo por el campo...¡completamente desnuda! Sus grandes senos bamboleándose de un lado a otro lo habían dejado hipnotizado. Él nunca había visto a una mujer desnuda. En la intimidad con Rosaura no había sentido deseos de verle el cuerpo ni de acariciárselo. En estos casos siempre utilizaban la sábana nupcial, que sólo dejaba visibles las partes nobles de su esposa. Terminado el acto, se alejaba de la recámara antes de que ésta se descubriera. En cambio, ahora, se había despertado en él la curiosidad de ver a Tita por largo rato así, sin ninguna ropa.

Indagando, husmeando, averiguando cómo era hasta el último centímetro de piel de su monumental y atractivo cuerpo. De seguro que se parecía al de Gertrudis, no en balde eran hermanas.

La única parte del cuerpo de Tita que conocía muy bien, aparte de la cara y las manos, era el redondo trozo de pantorrilla que había alcanzado a verle en una ocasión. Ese recuerdo lo atormentaba por las noches. Qué antojo sentía de poner su mano sobre ese trozo de piel y luego por todo el cuerpo tal y como había visto hacerlo al hombre que se llevó a Gertrudis: ¡con pasión, con desenfreno, con lujuria!

Tita, por su parte, intentó gritarle a Pedro que la esperara, que se la llevara lejos, adonde los dejaran amarse, adonde aún no hubieran inventado reglas que seguir y respetar, adonde no estuviera su madre, pero su garganta no emitió ningún sonido. Las palabras se le hicieron nudo y se ahogaron unas a otras antes de salir.

¡Se sentía tan sola y abandonada! Un chile en nogada olvidado en una charola después de un gran banquete no se sentiría peor que ella. Cuántas veces sola en la cocina se había tenido que comer una de estas delicias antes de permitir que se echara a perder. El que nadie se coma el último chile de una charola, generalmente sucede cuando la gente no quiere demostrar su gula y aunque les encantaría devorarlo, nadie se atreve. Y es así como se rechaza a un chile relleno que contiene todos los sabores imaginables, lo dulce del acitrón, lo picoso del chile, lo sutil de la nogada, lo refrescante de la granada, ¡un maravilloso chile en nogada! Que contiene en su interior todos los secretos del amor, pero que nadie podrá desentrañar a causa de la decencia.

¡Maldita decencia! ¡Maldito manual de Carreño! Por su culpa su cuerpo quedaba destinado a marchitarse poco a poco, sin remedio alguno. ¡Y maldito Pedro tan decente, tan correcto, tan varonil, tan... tan amado!

Si Tita hubiera sabido entonces que no tendrían que pasar muchos años para que su cuerpo conociera el amor no se habría desesperado tanto en ese momento.

El segundo grito de Mamá Elena la sacó de sus cavilaciones y la hizo buscar rápidamente una respuesta. No sabía qué era lo que le iba a decir a su mamá, si primero le decía que estaba ardiendo la parte trasera del patio, o que Gertrudis se había ido con un villista a lomo de caballo... y desnuda.

Se decidió por dar una versión en la cual, los federales, a los que Tita aborrecía, habían entrado en tropel, habían prendido fuego a los baños y habían raptado a Gertrudis. Mamá Elena se creyó toda la historia y enfermó de la pena, pero estuvo a punto de morir cuando se enteró una semana después por boca del padre Ignacio, el párroco del pueblo —que quién sabe cómo se enteró— que Gertrudis estaba trabajando en un burdel en la frontera. Prohibió volver a mencionar el nombre de su hija y mandó quemar sus fotos y su acta de nacimiento.

Sin embargo ni el fuego ni el paso de los años han podido borrar el penetrante olor a rosas que despide el lugar donde antes estuvo la regadera y que ahora es el estacionamiento de un edificio de departamentos. Tampoco pudieron borrar de la mente de Pedro y Tita las imágenes que observaron y que los marcaron para siempre. Desde ese día las codornices en pétalos de rosas se convirtieron en un mudo recuerdo de esta experiencia fascinante.

Tita lo preparaba cada año como ofrenda a la libertad que su hermana había alcanzado y ponía especial esmero en el decorado de las codornices.

Éstas se ponen en un platón, se les vacía la salsa encima y se decoran con una rosa completa en el centro y pétalos a los lados, o se pueden servir de una vez en un plato individual en lugar de utilizar el platón. Tita así lo prefería, pues de esta manera no corría el riesgo de que a la hora de servir la codorniz se perdiera el equilibrio del decorado. Precisamente así lo especificó en el libro de cocina que empezó a escribir esa misma noche, después de tejer un buen tramo de su colcha, como diariamente lo hacía. Mientras la tejía, en su cabeza daban vueltas y vueltas las imágenes de Gertrudis corriendo por el campo junto con otras que ella imaginaba sobre lo que habría pasado más tarde, cuando se le perdió de vista su hermana. Claro que su imaginación era en este aspecto bastante limitada, por su falta de experiencia.

Tenía curiosidad de saber si ya tendría algo de ropa encima, o si seguiría así de... ¡desabrigada! Le preocupaba que pudiera sentir frío, al igual que ella, pero llegó a la conclusión de que no. Lo más probable era que estaría cerca del fuego, en los brazos de su hombre y eso definitivamente debería dar calor.

De pronto una idea que cruzó por su mente la hizo levantarse a mirar al cielo estrellado. Ella conocía, pues lo había sentido en carne propia, lo poderoso que puede ser el fuego de una mirada.

Es capaz de encender al mismo sol. Tomando esto en consideración, ¿qué pasaría si Gertrudis miraba una estrella? De seguro que el calor de su cuerpo, inflamado por el amor, viajaría con la mirada a través del espacio infinito sin perder su energía, hasta depositarse en el lucero de su atención. Estos grandes astros han sobrevivido millones de años gracias a que se cuidan mucho de no absorber los rayos ardientes que los amantes de todo el mundo les lanzan noche tras noche. De hacerlo, se generaría tanto calor en su interior que estallarían en mil pedazos. Por lo que al recibir una mirada, la rechazan de inmediato, reflejándola hacia la tierra como en un juego de espejos. Es por eso que brillan tanto en las noches. Y es por eso que a Tita le entró la esperanza de que si ella pudiera descubrir entre todas las estrellas del firmamento cuál era la que su hermana veía en ese momento, recibiría por reflejo un poco del calor que a ella le sobraba.

Bueno, ésa era su ilusión, pero por más que observó una a una todas las estrellas del cielo no sintió absolutamente nada de calor, sino más bien todo lo contrario. Estremecida regresó a su cama plenamente convencida de que Gertrudis dormía plácidamente con los ojos bien cerrados y que por eso no funcionó el experimento. Se cubrió entonces con su colcha, que ya para entonces se doblaba en tres, revisó la receta que había escrito para ver si no se le olvidaba apuntar algo y añadió: «Hoy que comimos este platillo, huyó de la casa Gertrudis...»

Continuará

Siguiente receta:

Mole de guajolote con almendra y ajonjolí

Capítulo IV
Abril
MOLE DE GUAJOLOTE CON ALMENDRA Y AJONJOLÍ

INGREDIENTES:

1/4 de chile mulato

3 chiles pasilla

3 chiles anchos

Un puño de almendras

Un puño de ajonjolí

    Caldo de guajolote

Un bizcocho (1/3 de concha)

    cacahuates

1/2 cebolla

    vino

2 tablillas de chocolate

anís

manteca

clavo

canela

pimienta

azúcar

semilla de los chiles

5 dientes de ajo

Manera de hacerse:

Después de dos días de matado el guajolote, se limpia y se pone a cocer con sal. La carne de los guajolotes es sabrosa y aun exquisita si se ha cebado cuidadosamente. Esto se logra teniendo a las aves en corrales limpios, con grano y agua en abundancia.

Quince días antes de matar a los guajolotes, se les empieza a alimentar con nueces pequeñas. Comenzando el primer día con una, al siguiente se les echan en el pico dos y así sucesivamente se les va aumentando la ración, hasta la víspera de matarse, sin importar el maíz que coman voluntariamente en ese tiempo.

Tita tuvo mucho cuidado en cebar a los guajolotes apropiadamente, pues le interesaba mucho quedar bien en la fiesta tan importante a celebrarse en el rancho: el bautizo de su sobrino, el primer hijo de Pedro y Rosaura. Este acontecimiento ameritaba una gran comida con mole. Para la ocasión se había mandado a hacer una vajilla de barro especial con el nombre de Roberto, que así se llamaba el agraciado bebé, quien no paraba de recibir las atenciones y los regalos de familiares y amigos. En especial de parte de Tita, quien en contra de lo que se esperaba, sentía un inmenso cariño por este niño, olvidando por completo que era el resultado del matrimonio de su hermana con Pedro, el amor de su vida.

Con verdadero entusiasmo se dispuso a preparar con un día de anterioridad el mole para el bautizo. Pedro la escuchaba desde la sala experimentando un nueva sensación para él. El sonido de las ollas al chocar unas contra otras, el olor de las almendras dorándose en el comal, la melodiosa voz de Tita, que cantaba mientras cocinaba, habían despertado su instinto sexual. Y así como los amantes saben que se aproxima el momento de una relación íntima, ante la cercanía, el olor del ser amado, o las caricias recíprocas en un previo juego amoroso, así estos sonidos y olores, sobre todo el del ajonjolí dorado, le anunciaban a Pedro la proximidad de un verdadero placer culinario.

Las almendras y el ajonjolí se tuestan en comal. Los chiles anchos, desvenados, también se tuestan, pero no mucho para que no se amarguen. Esto se tiene que hacer en una sartén aparte, pues se les pone un poco de manteca para hacerlo. Después se muelen en metate junto con las almendras y el ajonjolí.

Tita, de rodillas, inclinada sobre el metate, se movía rítmica y cadenciosamente mientras molía las almendras y el ajonjolí.

Bajo su blusa sus senos se meneaban libremente pues ella nunca usó sostén alguno. De su cuello escurrían gotas de sudor que rodaban hacia abajo siguiendo el surco de piel entre sus pechos redondos y duros.

Pedro, no pudiendo resistir los olores que emanaban de la cocina, se dirigió hacia ella, quedando petrificado en la puerta ante la sensual postura en que encontró a Tita.

Tita levantó la vista sin dejar de moverse y sus ojos se encontraron con los de Pedro. Inmediatamente, sus miradas enardecidas se fundieron de tal manera que quien los hubiera visto sólo habría notado una sola mirada, un solo movimiento rítmico y sensual, una sola respiración agitada y un mismo deseo.

Permanecieron en éxtasis amoroso hasta que Pedro bajó la vista y la clavó en los senos de Tita. Ésta dejó de moler, se enderezó y orgullosamente irguió su pecho, para que Pedro lo observara plenamente. El examen de que fue objeto cambió para siempre la relación entre ellos. Después de esa escrutadora mirada que penetraba la ropa ya nada volvería a ser igual. Tita supo en carne propia por qué el contacto con el fuego altera los elementos, por qué un pedazo de masa se convierte en tortilla, por qué un pecho sin haber pasado por el fuego del amor es un pecho inerte, una bola de masa sin ninguna utilidad. En sólo unos instantes Pedro había transformado los senos de Tita, de castos a voluptuosos, sin necesidad de tocarlos.

De no haber sido por la llegada de Chencha, que había ido al mercado por los chiles anchos, quién sabe qué hubiera pasado entre Pedro y Tita; tal vez Pedro hubiera terminado amasando sin descanso los senos que Tita le ofrecía pero, desgraciadamente, no fue así. Pedro, fingiendo haber ido por un vaso de agua de limón con chía, lo tomó rápidamente y salió de la cocina.

Tita, con manos temblorosas, trató de continuar con la elaboración del mole como si nada hubiera pasado.

Cuando ya están bien molidas las almendras y el ajonjolí, se mezclan con el caldo donde se coció el guajolote y se le agrega sal al gusto. En un molcajete se muelen el clavo, la canela, el anís, la pimienta y, por último, el bizcocho, que anteriormente se ha puesto a freír en manteca junto con la cebolla picada y el ajo.

En seguida se mezclan con el vino y se incorporan.

Mientras molía las especias, Chencha trataba en vano de capturar el interés de Tita. Pero por más que le exageró los incidentes que había presenciado en la plaza y le narraba con lujo de detalles la violencia de las batallas que tenían lugar en el pueblo, sólo alcanzaba a interesar a Tita por breves momentos.

Ésta, por hoy, no tenía cabeza para otra cosa que no fuera la emoción que acababa de experimentar. Además de que Tita conocía perfectamente cuáles eran los móviles de Chencha al decirle estas cosas. Como ella ya no era la niña que se asustaba con las historias de la llorona, la bruja que chupaba a los niños, el coco y demás horrores, ahora Chencha trataba de asustarla con historias de colgados, fusilados, desmembrados, degollados e inclusive sacrificados a los que se les sacaba el corazón ¡en pleno campo de batalla! En otro momento le hubiera gustado caer en el sortilegio de la graciosa narrativa de Chencha y terminar por creerle sus mentiras, inclusive la de que a Pancho Villa le llevaban los corazones sangrantes de sus enemigos para que se los comiera, pero no ahora.

La mirada de Pedro la había hecho recuperar la confianza en el amor que éste le profesaba. Había pasado meses envenenada con la idea de que, o Pedro le había mentido el día de la boda al declararle su amor sólo para no hacerla sufrir, o que con el tiempo Pedro realmente se había enamorado de Rosaura. Esta inseguridad había nacido cuando él, inexplicablemente, había dejado de festejarle sus platillos. Tita se esmeraba con angustia en cocinar cada día mejor. Desesperada, por las noches, obviamente después de tejer un buen tramo de su colcha, inventaba una nueva receta con la intención de recuperar la relación que entre ella y Pedro había surgido a través de la comida. De esta época de sufrimiento nacieron sus mejores recetas.

Y así como un poeta juega con las palabras, así ella jugaba a su antojo con los ingredientes y con las cantidades, obteniendo resultados fenomenales. Pero nada, todos sus esfuerzos eran en vano. No lograba arrancar de los labios de Pedro una sola palabra de aprobación. Lo que no sabía es que Mamá Elena le había «pedido» a Pedro que se abstuviera de elogiar la comida, pues Rosaura de por sí sufría de inseguridad, por estar gorda y deforme a causa de su embarazo, como para encima de todo tener que soportar los cumplidos que él le hacía a Tita so pretexto de lo delicioso que ella cocinaba.

Qué sola se sintió Tita en esa época. ¡Extrañaba tanto a Nacha! Odiaba a todos, inclusive a Pedro. Estaba convencida de que nunca volvería a querer a nadie mientras viviera. Claro que todas estas convicciones se esfumaron en cuanto recibió en su propias manos al hijo de Rosaura.

Fue una mañana fría de marzo, ella estaba en el gallinero recogiendo los huevos que las gallinas acababan de poner, para utilizarlos en el desayuno. Algunos aún estaban calientes, así que se los metía bajo la blusa, pegándoles al pecho, para mitigar el frío crónico que sufría y que últimamente se le había agudizado. Se había levantado antes que nadie, como de costumbre.

Pero hoy lo había hecho media hora antes de lo acostumbrado, para empacar una maleta con la ropa de Gertrudis. Quería aprovechar que Nicolás salía de viaje a recoger un ganado, para pedirle que por favor se la hiciera llegar a su hermana. Por supuesto, esto lo hacía a escondidas de su madre. Tita decidió enviársela pues no se le quitaba de la mente la idea de que Gertrudis seguía desnuda. Claro que Tita se negaba a aceptar como cierto que esto fuera porque el trabajo de su hermana en el burdel de la frontera aí lo requería, sino más bien porque no tenía ropa que ponerse.

Rápidamente le dio a Nicolás la maleta con la ropa y un sobre con las señas del antro donde posiblemente encontraría a Gertrudis y regresó a hacerse cargo de sus labores.

De pronto escuchó a Pedro preparar la carretela. Le extrañó que lo hiciera a tan temprana hora, pero al ver la luz del sol se dio cuenta de que ya era tardísimo y que empacarle a Gertrudis, junto con su ropa, parte de su pasado, le había tomado más tiempo del que se había imaginado. No le fue fácil meter en la maleta el día en que hicieron su primera comunión las tres juntas. La vela, el libro y la foto afuera de la iglesia cupieron muy bien, pero no así el sabor de los tamales y del atole que Nacha les había preparado y que habían comido después en compañía de sus amigos y familiares. Cupieron los huesitos de chabacano de colores, pero no así las risas cuando jugaban con ellos en el patio de la escuela, ni la maestra Jovita, ni el columpio, ni el olor de su recámara, ni el del chocolate recién batido. Lo bueno es que tampoco cupieron las palizas y los regaños de Mamá Elena, pues Tita cerró muy fuerte la maleta antes de que se fueran a colar.

Salió al patio justo en el momento en que Pedro le gritaba buscándola con desesperación. Tenía que ir a Eagle Pass por el doctor Brown, que era el médico de la familia, y no la encontraba por ningún lado. Rosaura había empezado con los dolores del parto.

Pedro le encargó que por favor la atendiera mientra él volvía.

Tita era la única que podía hacerlo. En casa no quedaba nadie: Mamá Elena y Chencha ya se habían ido al mercado, con el propósito de abastecer la despensa pues esperaban el nacimiento de un momento a otro y no querían que faltara en casa ningún artículo que fuera indispensable en estos casos. No habían podido hacerlo antes pues la llegada de los federales y su peligrosa estancia en el pueblo se los había impedido. No supieron al salir que el arribo del niño ocurriría más pronto de lo que pensaban, pues en cuanto se fueron Rosaura había empezado con el trabajo de parto.

A Tita entonces no le quedó otra que ir al lado de su hermana para acompañarla, con la esperanza de que fuera por poco tiempo.

No tenía ningún interés en conocer al niño o niña o lo que fuera.

Pero lo que nunca se esperó es que a Pedro lo capturaran los federales injustamente impidiéndole llegar por el doctor y que Mamá Elena y Chencha no pudieran regresar a causa de una balacera que se entabló en el pueblo y que las obligó a refugiarse en casa de los Lobo, y que de esta manera la única presente en el nacimiento de su sobrino fuera ella, ¡precisamente ella!

En las horas que pasó al lado de su hermana aprendió más que en todos los años de estudio en la escuela del pueblo. Renegó como nunca de sus maestros y de su mamá por no haberle dicho en ninguna ocasión lo que se tenía que hacer en un parto. De qué le servía en ese momento saber los nombres de los planetas y el manual de Carreño de pe a pa si su hermana estaba a punto de morir y ella no podía ayudarla. Rosaura había engordado 30 kilos durante el embarazo, lo cual dificultaba aún más su trabajo de parto como primeriza. Dejando de lado la excesiva gordura de su hermana, Tita notó que a Rosaura se le estaba hinchando descomunalmente el cuerpo. Primero fueron los pies y después la cara y manos. Tita le limpiaba el sudor de la frente y trataba de animarla, pero Rosaura parecía no escucharla.

Tita había visto nacer algunos animales, pero esas experiencias de nada le servían en estos momentos. En aquellas ocasiones sólo había estado de espectadora. Los animales sabían muy bien lo que tenían que hacer, en cambio ella no sabía nada de nada. Tenía preparadas sábanas, agua caliente y unas tijeras esterilizadas. Sabía que tenía que cortar el cordón umbilical, pero no sabía cómo ni cuándo ni a qué altura. Sabía que había que darle una serie de atenciones a la criatura en cuanto arribara a este mundo, pero no sabía cuáles. Lo único que sabía es que primero tenía que nacer, ¡y no tenía para cuándo! Tita se asomaba entre las piernas de su hermana con frecuencia y nada. Sólo un túnel oscuro, silencioso, profundo. Tita, arrodillada frente a Rosaura, con gran desesperación pidió a Nacha que la iluminara en estos momentos.

¡Si era posible que le dictara algunas recetas de cocina, también era posible que le ayudara en este difícil trance! Alguien tenía que asistir a Rosaura desde el más allá, porque los del más acá no tenían manera.

No supo por cuánto tiempo rezó de hinojos, pero cuando por fin despegó los párpados, el obscuro túnel de un momento a otro se transformó por completo en un río rojo, en un volcán impetuoso, en un desgarramiento de papel. La carne de su hermana se abría para dar paso a la vida. Tita no olvidaría nunca ese sonido ni la imagen de la cabeza de su sobrino saliendo triunfante de su lucha por vivir. No era una cabeza bella, más bien tenía forma de un piloncillo, debido a la presión a que sus huesos estuvieron sometidos por tantas horas. Pero a Tita le pareció la más hermosa de todas las que había visto en su vida.

El llanto del niño invadió todos los espacios vacíos dentro del corazón de Tita. Supo entonces que amaba nuevamente: a la vida, a ese niño, a Pedro, inclusive a su hermana, odiada por tanto tiempo. Tomó al niño entre sus manos, se lo llevó a Rosaura, y juntas lloraron un rato, abrazadas a él. Después, siguiendo las instrucciones que Nacha le daba al oído, supo perfectamente todos los pasos que tenía que seguir: cortar el cordón umbilical en el lugar y momento preciso, limpiar el cuerpo del niño con aceite de almendras dulces, fajarle el ombligo y vestirlo. Sin ningún problema supo cómo ponerle primero la camiseta y la camisa, luego el fajero en el ombligo, luego el pañal de manta de cielo, luego el de ojo de pájaro, luego la franela para cubrirle las piernas, luego la chambrita, luego los calcetines y los zapatos y, por último, utilizando una cobija de felpa le cruzó las manos sobre el pecho para que no se fuera a rasguñar la cara. Cuando por la noche llegaron Mamá Elena y Chencha acompañadas de los Lobo, se admiraron del profesional trabajo que Tita realizó. Envuelto como taco, el niño dormía tranquilamente.

Pedro llegó con el doctor Brown hasta el día siguiente, después de que lo dejaron en libertad. Su retorno tranquilizó a todos.

Temían por su vida. Ahora sólo les quedaba la preocupación por la salud de Rosaura, que aún estaba muy delicada e hinchada. El doctor Brown la examinó exhaustivamente. Fue entonces que supieron lo peligroso que había estado el parto. Según el doctor, Rosaura sufrió un ataque de eclampsia que la pudo haber matado. Se mostró muy sorprendido de que Tita la hubiera asistido con tanto aplomo y decisión en condiciones tan poco favorables. Bueno, quién sabe qué le llamó más la atención, si el que Tita la hubiera atendido sola y sin tener ninguna experiencia o el descubrir de pronto que Tita, la niña dientona que él recordaba, se había transformado en una bellísima mujer sin que él lo hubiera notado.

Desde la muerte de su esposa, cinco años atrás, nunca había vuelto a sentirse atraído hacia ninguna mujer. El dolor de haber perdido a su cónyuge, prácticamente de recién casados, lo había dejado insensible para el amor todos estos años. Qué extraña sensación le producía el observar a Tita. Un hormigueo le recorría todo el cuerpo, despertando y activando sus dormidos sentidos. La observaba como si fuera la primera vez que lo hiciera. Qué agradables le parecían ahora sus dientes, habían tomado su verdadera proporción dentro de la armonía perfecta de las facciones finas y delicadas de su rostro.

La voz de Mamá Elena interrumpió sus pensamientos.

—Doctor, ¿no sería molesto para usted venir dos veces al día, hasta que mi hija salga del peligro?

—¡Claro que no! En primera es mi obligación y en segunda es un placer frecuentar su agradable casa.

Fue verdaderamente una fortuna que Mamá Elena estuviera muy preocupada por la salud de Rosaura y no detectara el brillo de admiración que John tenía en la mirada mientras observaba a Tita, pues de haberlo hecho no le hubiera abierto tan confiadamente las puertas de su hogar.

Por ahora el doctor no le representaba ningún problema a Mamá Elena; lo único que la tenía muy preocupada era que Rosaura no tenía leche.

En el pueblo, afortunadamente, encontraron a una nodriza que se encargó de amamantar al niño. Era pariente de Nacha, acababa de tener su octavo hijo y aceptó con agrado el honor de alimentar al nieto de Mamá Elena. Durante un mes lo hizo de maravilla, hasta que una mañana, cuando se dirigía al pueblo a visitar a su familia, fue alcanzada por una bala perdida que se escapó de una balacera entre rebeldes y federales y la hirió de muerte. Uno de sus parientes llegó a dar la noticia al rancho, justamente cuando Tita y Chencha estaban mezclando en una olla de barro grande todos los ingredientes del mole.

Éste es el último paso y se realiza cuando ya se tienen todos los ingredientes molidos tal y como se indicó. Se mezclan en una olla, se le añaden las piezas del guajolote, las tablillas de chocolate y azúcar al gusto. En cuanto espesa, se retira del fuego.

Tita terminó sola de preparar el mole, pues Chencha, en cuanto supo la noticia, se fue inmediatamente al pueblo a tratar de conseguir otra nodriza para su sobrino. Regresó hasta la noche y sin haberlo logrado. El bebé lloraba exasperado. Trataron de darle leche de vaca y la rechazó. Tita trató entonces de darle té, tal y como Nacha lo había hecho con ella pero fue inútil: el niño igualmente lo rechazó. Se le ocurrió ponerse el rebozo que Lupita la nodriza había olvidado, pensando que el niño se tranquilizaría al percibir el olor familiar que éste despedía, pero por el contrario, el niño lloró con más fuerza, pues ese olor le indicaba que ya pronto recibiría su alimento y no comprendía el motivo de su retraso. Buscaba desesperado su leche entre los senos de Tita. Si hay algo en la vida que Tita no resistía era que una persona hambrienta le pidiera comida y que ella no pudiera dársela. Le provocaba mucha angustia. Y sin poderse contener por más tiempo, Tita se abrió la blusa y le ofreció al niño su pecho. Sabía que estaba completamente seco, pero al menos le serviría de chupón y lo mantendría ocupado mientras ella decidía qué hacer para calmarle el hambre.

El niño se pescó del pezón con desesperación y succionó y succionó, con fuerza tan descomunal, que logró sacarle leche a Tita. Cuando ella vio que el niño recuperaba poco a poco la tranquilidad en su rostro y lo escuchó deglutir sospechó que algo extraordinario estaba pasando. ¿Sería posible que el niño se estuviera alimentando de ella? Para comprobarlo, separó al niño de su pecho y vio cómo le brotaba un chisguete de leche. Tita no alcanzaba a comprender lo que sucedía. No era posible que una mujer soltera tuviera leche, se trataba de un hecho sobrenatural y sin explicación en esos tiempos. En cuanto el niño sintió que lo separaban de su alimento empezó a llorar nuevamente. Tita, de inmediato lo dejó que se pescara a ella, hasta que sació por completo su hambre y se quedó plácidamente dormido, como un bendito. Estaba tan absorta en la contemplación del niño que no sintió cuando Pedro entró a la cocina. Tita era en ese momento la misma Ceres personificada, la diosa de la alimentación en pleno.

Pedro no se sorprendió en lo más mínimo ni necesitó recibir una explicación. Embelesado y sonriente, se acercó a ellos, se inclinó y le dio un beso a Tita en la frente. Tita le quitó al niño el pecho, ya estaba satisfecho. Entonces los ojos de Pedro contemplaron realmente lo que ya antes habían visto a través de la ropa: los senos de Tita.

Tita intentó cubrirse con la blusa, Pedro la ayudó en silencio y con gran ternura. Al hacerlo, una serie de sentimientos encontrados se apoderaron de ellos: amor, deseo, ternura, lujuria, vergüenza... temor de verse descubiertos. El sonido de los pasos de Mamá Elena sobre la duela de madera les advirtieron oportunamente del peligro. Tita alcanzó a ajustarse correctamente la blusa y Pedro a tomar distancia de ella antes de que Mamá Elena entrara en la cocina. De tal manera que cuando abrió la puerta no pudo encontrar, dentro de lo que las normas sociales permiten, nada de qué preocuparse. Pedro y Tita aparentaban gran serenidad.

Sin embargo, algo olió en el ambiente que la hizo agudizar todos sus sentidos y tratar de descubrir qué era lo que la inquietaba.

—Tita, ¿qué pasa con ese niño? ¿Lograste hacerlo comer?

—Sí, mami, tomó su té y se durmió.

—¡Bendito sea Dios! Entonces, Pedro, ¿qué esperas para llevar al niño con tu mujer? Los niños no deben estar lejos de su madre.

Pedro salió con el niño en brazos, Mamá Elena no dejaba de observar detenidamente a Tita, había en sus ojos un destello de turbación que no le gustaba para nada.

—¿Ya está listo el champurrado para tu hermana?

—Ya mami.

—Dámelo para que se lo lleve, necesita tomarlo día y noche, para que baje la leche.

Pero por más champurrado que tomó, nunca le bajó la leche. En cambio Tita tuvo desde ese día leche suficiente como para alimentar no sólo a Roberto sino a otros dos niños más, si así lo hubiera deseado. Como Rosaura estuvo delicada algunos días, a nadie le extrañó que Tita se encargara de darle de comer a su sobrino; lo que nunca descubrieron fue la manera en que lo hacía, pues Tita, con la ayuda de Pedro, puso mucho cuidado en que nadie la viera.

El niño, por tanto, en lugar de ser un motivo de separación entre ambos, terminó por unirlos más. Tal parecía que la madre del niño era Tita y no Rosaura. Ella así lo sentía y así lo demostraba. El día del bautizo, ¡con qué orgullo cargaba a su sobrino y lo mostraba a todos los invitados! Rosaura no pudo estar presente mas que en la iglesia pues aún se sentía mal. Tita entonces tomó su lugar en el banquete.

El doctor John Brown miraba a Tita embelesado. No le podía quitar los ojos de encima. John había asistido al bautizo sólo para ver si podía conversar con ella a solas. A pesar de que se veían a diario durante las visitas médicas que John le hacía a Rosaura, no habían tenido la oportunidad de platicar libremente y sin ninguna otra persona presente. Aprovechando que Tita caminaba cerca de la mesa donde él se encontraba, se levantó y se le acercó con el pretexto de ver al niño.

—¡Qué bien se ve este niño, al lado de una tía tan bella!

—Gracias doctor.

—Eso que no es su propio hijo, ya me imagino lo bonita que se va a ver cuando el niño que cargue sea el suyo.

Una nube de tristeza cruzó por el semblante de Tita. John la detectó y dijo:

—Perdón, parece que dije algo incorrecto.

—No, no es eso. Lo que pasa es que yo no me puedo casar, ni tener hijos, porque tengo que cuidar a mi mamá hasta que muera.

—¡Pero cómo! Eso es una tontería.

—Pero así es. Ahora le ruego me disculpe, voy a atender a mis invitados.

Tita se alejó rápidamente, dejando a John completamente desconcertado. Ella también lo estaba, pero se recuperó de inmediato al sentir en sus brazos a Roberto. Qué le importaba su destino mientras pudiera tener cerca a ese niño, que era más suyo que de nadie. Realmente ella ejercía el puesto de madre sin el título oficial. Pedro y Roberto le pertenecían y ella no necesitaba nada más en la vida.

Tita estaba tan feliz que no se dio cuenta de que su madre, lo mismo que John, aunque por otra razón, no la perdía de vista un solo instante. Estaba convencida de que algo se traían entre manos Tita y Pedro. Tratando de descubrirlo, ni siquiera comió y estaba tan concentrada en su labor de vigilancia, que le pasó desapercibido el éxito de la fiesta. Todos estuvieron de acuerdo en que gran parte del mismo se debía a Tita, ¡el mole que había preparado estaba delicioso! Ella no paraba de recibir felicitaciones por sus méritos como cocinera y todos querían saber cuál era su secreto. Fue verdaderamente lamentable que en el momento en que Tita respondía a esta pregunta diciendo que su secreto era que había preparado el mole con mucho amor, Pedro estuviera cerca y los dos se miraran por una fracción de segundo con complicidad recordando el momento en que Tita molía en el metate, pues la vista de águila de Mamá Elena, a 20 metros de distancia, detectó el destello y le molestó profundamente.

Entre todos los invitados ella era realmente la única molesta, pues curiosamente, después de comer el mole, todos habían entrado en un estado de euforia que los hizo tener reacciones de alegría poco comunes. Reían y alborotaban como nunca lo habían hecho y pasaría bastante tiempo antes de que lo volvieran a hacer. La lucha revolucionaria amenazaba con acarrear hambre y muerte por doquier. Pero en esos momentos parecía que todos trataban de olvidar que en el pueblo había muchos balazos.

La única que no perdió la compostura fue Mamá Elena, que estaba muy ocupada en buscar una solución a su resquemor, y aprovechando un momento en que Tita estaba lo suficientemente cerca como para no perder una sola de las palabras que ella pronunciara, le comentó al padre Ignacio en voz alta:

—Por como se están presentando las cosas padre, me preocupa que un día mi hija Rosaura necesite un médico y no lo podamos traer, como el día en que dio a luz. Creo que lo más conveniente sería que en cuanto tenga más fuerzas se vaya junto con su esposo y su hijito a vivir a San Antonio, Texas, con mi primo. Ahí tendrá mejor atención médica.

—Yo no opino lo mismo doña Elena, precisamente por como está la situación política, usted necesita de un hombre en casa que la defienda.

—Nunca lo he necesitado para nada, sola he podido con el rancho y con mis hijas. Los hombres no son tan importantes para vivir padre —recalcó—. Ni la revolución es tan peligrosa como la pintan, ¡peor es el chile y el agua lejos!

—¡No, pues eso sí! —respondió riéndose—. ¡Ah, qué Doña Elena! Siempre tan ocurrente. Y, dígame, ¿ya pensó dónde trabajaría Pedro en San Antonio?

—Puede entrar a trabajar como contador en la compañía de mi primo, no tendrá problema, pues habla el inglés a la perfección.

Las palabras que Tita escuchó resonaron como cañonazos dentro de su cerebro. No podía permitir que esto pasara. No era posible que ahora le quitaran al niño. Tenía que impedirlo a como diera lugar. Por lo pronto, Mamá Elena logró arruinarle la fiesta. La primera fiesta que gozaba en su vida.

Continuará...

Próxima receta:

Chorizo norteño

Capítulo V
Mayo
CHORIZO NORTEÑO

INGREDIENTES:

8 kilos de lomo de puerco
2 kilos de retazo o cabeza de lomo
1 kilo de chile ancho
60 grms. de cominos
60 grms. de orégano
30 grms. de pimienta
6 grms. de clavo
2 tazas de ajos
2 litros de vinagre de manzana
1/4 de kilo de sal

Manera de hacerse:

El vinagre se pone en la lumbre y se le incorporan los chiles, a los que previamente se les han quitado las semillas. En cuanto suelta el hervor, se retira del fuego y se le pone a la olla una tapadera encima, para que los chiles se ablanden.

Chencha puso la tapa y corrió a la huerta a ayudar a Tita en su búsqueda de lombrices. De un momento a otro llegaría a la cocina Mamá Elena a supervisar la elaboración del chorizo y la preparación del agua para su baño y estaban bastante atrasadas en ambas cosas. El motivo era que Tita, desde que Pedro, Rosaura y el niño se habían ido a vivir a San Antonio, Texas, había perdido todo interés en la vida, exceptuando el que le despertaba un indefenso pichón al que alimentaba con lombrices. De ahí en fuera, la casa podía caerse, que a ella no le importaba.

Chencha no quería ni imaginar lo que pasaría si Mamá Elena se enteraba que Tita no quería participar en la elaboración del chorizo.

Habían decidido prepararlo por ser uno de los mejores recursos para utilizar la carne de cerdo de una manera económica y que les aseguraba un buen alimento por mucho tiempo, sin peligro de que se descompusiera. También habían dispuesto una gran cantidad de cecina, jamón, tocino y manteca. Tenían que sacarle el mejor provecho posible a este cerdo, uno de los pocos animales sobrevivientes de la visita que miembros del ejército revolucionario les habían hecho unos días antes.

El día que llegaron los rebeldes, sólo estaban en el rancho Mamá Elena, Tita, Chencha y dos peones: Rosalío y Guadalupe. Nicolás, el capataz, aún no regresaba con el ganado que por imperiosa necesidad había ido a comprar, pues ante la escasez de alimentos habían tenido que ir matando a los animales con que contaban y era preciso reponerlos. Se había llevado con él a dos de los trabajadores de más confianza para que lo ayudaran. Había dejado a su hijo Felipe al cuidado del rancho, pero Mamá Elena lo había relevado del cargo, tomando ella el mando en su lugar, para que Felipe pudiera irse a San Antonio, Texas, en busca de noticias sobre Pedro y su familia. Temían que algo malo les hubiera pasado, ante su falta de comunicación desde su partida.

Rosalío llegó a galope a informar que una tropa se acercaba al rancho. Inmediatamente Mamá Elena tomó su escopeta y mientras la limpiaba pensó en esconder de la voracidad y el deseo de estos hombres los objetos más valiosos que poseía. Las referencias que le habían dado de los revolucionarios no eran nada buenas, claro que tampoco eran nada confiables pues provenían del padre Ignacio y de Presidente Municipal de Piedras Negras. Por ellos tenía conocimiento de cómo entraban a las casas, cómo arrasaban con todo y cómo violaban a las muchachas que encontraban en su camino. Así pues, ordenó que Tita, Chencha y el cochino, permanecieran escondidos en el sótano.

Cuando los revolucionarios llegaron, encontraron a Mamá Elena en la entrada de la casa. Bajo las enaguas escondía su escopeta, a su lado estaban Rosalío y Guadalupe. Su mirada se encontró con la del capitán que venía al mando y éste supo inmediatamente, por la dureza de esa mirada, que estaban ante una mujer de cuidado.

—Buenas tardes, señora, ¿es usted la dueña de este rancho?

—Así es. ¿Qué es lo que quieren?

—Venimos a pedirle, por las buenas, su cooperación para la causa.

—Y yo, por las buenas, les digo que se lleven lo que quieran de las provisiones que encuentren en el granero y los corrales. Pero eso sí, las que tengo dentro de mi casa no las tocan, ¿entendido? Ésas son para mi causa particular.

El capitán, bromeando, se le cuadró y le respondió:

—Entendido, mi general.

A todos los soldados les cayó en gracia el chiste, y lo festejaron, pero el capitán se dio cuenta de que con Mamá Elena no valían las chanzas, ella hablaba en serio, muy en serio.

Tratando de no amedrentarse por la dominante y severa mirada que recibía de ella, ordenó que revisaran el rancho. Lo que encontraron no fue gran cosa, un poco de maíz para desgranar y ocho gallinas. Uno de los sargentos, muy molesto, se acercó al capitán y le dijo:

—Esta vieja ha de tener todo escondido dentro de la casa, ¡déjeme entrar a supervisar!

Mamá Elena, poniendo el dedo en el gatillo, respondió:

—¡Yo no estoy bromeando y ya dije que a mi casa no entra nadie!

El sargento, riéndose y columpiando unas gallinas que llevaba en la mano, trató de caminar hacia la entrada. Mamá Elena levantó la escopeta, se recargó en la pared para no caer al piso por el impulso que iba a recibir, y le disparó a las gallinas. Por todos lados se esparcieron pedazos de carne y olor a plumas quemadas.

Rosalío y Guadalupe sacaron sus pistolas temblando y plenamente convencidos de que ése era su último día en la tierra. El soldado que estaba junto al capitán intentó dispararle a Mamá Elena, pero el capitán con un gesto se lo impidió. Todos esperaban una orden suya para atacar.

—Tengo muy buen tino y muy mal carácter, capitán. El próximo tiro es para usted y le aseguro que puedo dispararle antes de que me maten, así es que mejor nos vamos respetando, porque si nos morimos, yo no le voy a hacer falta a nadie, pero de seguro la nación sí sentiría mucho su pérdida, ¿o no es así?

Realmente era difícil sostener la mirada de Mamá Elena, hasta para un capitán. Tenía algo que atemorizaba. El efecto que provocaba en quienes la recibían era de un temor indescriptible: se sentían enjuiciados y sentenciados por faltas cometidas. Caía uno preso de un miedo pueril a la autoridad materna.

—Sí, tiene razón. Pero no se preocupe, nadie va a matarla, ni a faltarle al respecto, ¡faltaba más! Una mujer así de valiente siempre tendrá mi admiración. —Y dirigiéndose a sus soldados dijo:

—Nadie va a entrar a esta casa, vean qué más pueden encontrar aquí y vámonos.

Lo que descubrieron fue el gran palomar que formaba todo el techo de dos aguas de la enorme casa. Para llegar a él se tenía que trepar una escalera de siete metros de altura. Subieron tres rebeldes y se quedaron pasmados un buen rato antes de poder moverse. Imponían el tamaño, la obscuridad y el canturreo de las palomas ahí reunidas que entraban y salían por pequeñas ventanas laterales. Cerraron la puerta y las ventanas para que ninguna pudiera escapar y se dedicaron a atrapar pichones y palomas.

Juntaron tal cantidad que pudieron alimentar a todo el batallón por una semana. Antes de retirarse, el capitán recorrió a caballo el patio trasero, inhaló profundamente el indeleble olor a rosas que aún permanecía en ese lugar. Cerró los ojos y así permaneció un buen rato. Regresando al lado de Mamá Elena le preguntó:

—Tengo entendido que tiene tres hijas, ¿donde están?

—La mayor y la menor viven en Estados Unidos, la otra murió.

La noticia pareció conmover al capitán. Con voz apenas perceptible respondió:

—Es una lástima, una verdadera lástima.

Se despidió de Mamá Elena con una reverencia. Se fueron tranquilamente, tal y como vinieron y Mamá Elena quedó muy desconcertada ante la actitud que habían tenido para con ella; no correspondía a la de los matones desalmados que esperaba. Desde ese día prefirió no opinar sobre los revolucionarios. De lo que nunca se enteró es de que ese capitán era el mismo Juan Alejandrez que meses antes se había llevado a su hija Gertrudis.

Estaban a mano, pues el capitán también ignoró que en la parte trasera de la casa Mamá Elena tenía, enterradas en ceniza, una gran cantidad de gallinas. Habían logrado matar a veinte antes de que ellos llegaran. Las gallinas se rellenan con granos de trigo o avena y con todo y plumas se meten dentro de una olla de barro barnizado. Con un lienzo se tapa bien la olla de barro barnizado. Con un lienzo se tapa bien la olla y de esta manera se puede conservar la carne en buen estado por más de una semana.

Ésta era una práctica común en el rancho desde tiempos remotos, cuando tenían que conservar los animales después de una cacería.

Al salir de su escondite, lo primero que Tita extrañó fue el canturreo constante de las palomas, el cual, desde que nació, formaba parte de su cotidianidad. Este súbito silencio hizo que sintiera de golpe la soledad.

Fue en ese momento cuando más sintió la partida de Pedro, Rosaura y Roberto del rancho. Subió rápidamente los peldaños de la enorme escalera que terminaba en el palomar y lo único que encontró fue la alfombra de plumas y la suciedad característica del lugar.

El viento se colaba por la puerta abierta y levantaba algunas plumas que caían sobre una alfombra de silencio. De pronto escuchó un leve sonido: un pequeño pichón recién nacido se había salvado de la masacre. Tita lo tomó y se dispuso a bajar, pero antes se detuvo a mirar por un momento la polvareda que los caballos de los soldados habían dejado en su partida. Se preguntaba extrañada el porqué no le habían hecho ningún daño a su madre. Mientras estaba en su escondite rezaba porque nada malo le pasara a Mamá Elena, pero inconscientemente tenía la esperanza de que al salir la encontraría muerta.

Avergonzada de tales pensamientos metió al pichón entre sus pechos para tener las manos libres y poder agarrarse bien de la peligrosa escalera. Luego bajó del palomar. Desde ese día su mayor preocupación era la de alimentar al escuálido pichón. Sólo de esta manera la vida tenía cierto sentido. No se comparaba con la plenitud que proporciona el amamantar a un ser humano, pero de alguna manera se le parecía.

Sus pechos se habían secado de un día para otro, por la pena que le causó la separación de su sobrino. Mientras buscaba lombrices, no podía dejar de pensar en quién y cómo estaría alimentando a Roberto. Este pensamiento la atormentaba día y noche. En todo el mes no había podido conciliar el sueño ni un instante. Su único logro durante ese período había sido el quintuplicar el tamaño de su enorme colcha. Chencha llegó a sacarla de sus pensamientos de conmiseración y se la llevó a empujones a la cocina. La sentó frente al metate y la puso a moler las especias junto con los chiles. Para que se facilite esta operación es bueno poner de vez en cuando unos chorritos de vinagre mientras se muele. Por último, se mezcla la carne muy picada o molida con los chiles y las especias y se deja reposar largo rato, de preferencia toda una noche.

No acababan de empezar a moler, cuando Mamá Elena entró a la cocina, preguntando por qué no estaba llena la tina para su baño. No le gustaba bañarse demasiado tarde, pues el cabello no se le alcanzaba a secar adecuadamente.

Preparar el baño para Mamá Elena era lo mismo que preparar una ceremonia. El agua se tenía que poner a hervir con flores de espliego, el aroma preferido de Mamá Elena. Después se pasaba la «decocción» por un limpio y se le añadían unas gotas de aguardiente. Por último había que llevar, una tras otra, cubetas con esta agua caliente hasta el cuarto obscuro. Un pequeño cuarto que estaba al final de la casa, junto a la cocina. Este cuarto, como su nombre lo indica, no recibía rayo de luz alguno pues carecía de ventanas. Sólo tenía una angosta puerta. Dentro, a mitad del cuarto, se encontraba una gran tina donde se depositaba el agua. Junto a ella, en una vasija de peltre se ponía agua con shi-shi para el lavado del pelo de Mamá Elena.

Sólo Tita, cuya misión era la de atenderla hasta su muerte, era la única que podía estar presente en el ritual y ver a su madre desnuda. Nadie más. Por eso se había construido este cuarto a prueba de mirones. Tita le tenía que lavar a su mamá primero el cuerpo, luego el cabello y por último la dejaba unos momentos descansando, gozando del agua, mientras ella planchaba la ropa que se pondría Mamá Elena al salir de la tina.

A una orden de su madre, Tita le ayudaba a secarse y a ponerse lo más pronto posible la ropa bien caliente, para evitar un resfrío. Después, entreabría un milímetro la puerta, para que el cuarto se fuera enfriando y el cuerpo de Mamá Elena no sufriera un cambio brusco de temperatura. Mientras tanto le cepillaba el pelo, alumbrada únicamente por el débil rayo de la luz que se filtraba por la rendija de la puerta y que creaba un ambiente de sortilegio al revelar las formas caprichosas del vapor de agua. Le cepillaba el cabello hasta que éste quedaba seco por completo, entonces le hacía una trenza y daban por terminada la liturgia. Tita siempre daba gracias a Dios de que su mamá sólo se bañara una vez por semana, porque si no su vida sería un verdadero calvario.

En opinión de Mamá Elena, con el baño pasaba lo mismo que con la comida: por más que Tita se esforzaba siempre cometía infinidad de errores. O la camisa tenía una arruguita o no estaba suficientemente caliente el agua o la raya de la trenza estaba chueca, en fin, parecía que la única virtud de Mamá Elena era la de encontrar defectos. Pero nunca encontró tantos como ese día. Y es que Tita verdaderamente había descuidado todos los detalles de la ceremonia. El agua estaba tan caliente que Mamá Elena se quemó los pies al entrar, había olvidado el shi-shi para el lavado del pelo, había quemado el fondo y la camiseta, había abierto la puerta demasiado, en fin, que ahora sí se había ganado a pulso el que Mamá Elena la reprendiera y la expulsara del cuarto de baño.

Tita caminaba aprisa hacía la cocina, llevando bajo el brazo la ropa sucia, lamentándose del regaño y de sus garrafales fallas. Lo que más le dolía era el trabajo extra que significaba haber quemado la ropa. Era la segunda vez en su vida que le ocurría este tipo de desgracia. Ahora iba a tener que humedecer las manchas rojizas en una solución de clorato de potasa con agua pura y con lejía alcalina suave, restregando repetidas veces, hasta lograr que la mancha desapareciera, aunando este penoso trabajo al de lavar la ropa negra con que se vestía su madre. Para hacerlo tenía que disolver hiel de vaca en una pequeña cantidad de agua hirviendo, sumergir una esponja suave en esta agua y con ella mojar toda la ropa, enseguida aclarar con agua limpia los vestidos y sacarlos al aire libre.

Tita fregaba y fregaba la ropa como tantas veces lo hizo con los pañales de Roberto para quitarles las manchas. Lo lograba poniendo a cocer una porción de orina, en ella sumergía la mancha por un momento, lavándola después con agua. Así de simple, las manchas se esfumaban. Pero ahora por más que sumergía los pañales en la orina, no podía quitarles ese horroroso color negro. De pronto se dio cuenta que no se trataba de los pañales de Roberto, sino de la ropa de su madre. La había estado sumergiendo en al bacinica que desde la mañana había dejado olvidada sin lavar junto al fregadero. Apenada, se dispuso a corregir su fallo.

Ya instalada en la cocina, Tita se propuso poner más atención en lo que hacía. Tenía que poner coto a los recuerdos que la atormentaban o la furia de Mamá Elena podría estallar de un momento a otro.

Desde que empezó a preparar el baño de Mamá Elena dejó reposando el chorizo, por tanto ya había pasado tiempo suficiente como para proceder a rellenar las tripas.

Tienen que ser tripas de res, limpias y curadas. Para rellenarlas se utiliza un embudo. Se atan muy bien a distancias de cuatro dedos y se pican con una aguja para que salga el aire, que es lo que puede perjudicar el chorizo. Es muy importante comprimirlo muy bien mientras se rellena, para que no quede ningún espacio.

Por más empeño que Tita ponía en evitar que los recuerdos acudieran a ella y la hicieran cometer más errores, no pudo evitarlos al tener en las manos un trozo grande de chorizo y rememorar la noche de verano en que todos salieron a dormir al patio. En la época de canícula se colgaban en el patio grandes hamacas, pues el calor se hacía insoportable. En una mesa se ponía una tinaja con hielo y dentro se colocaba una sandía partida por si alguien a media noche se levantaba acalorado con deseos de refrescarse comiendo una rebanada. Mamá Elena era especialista en partir sandía: tomando un cuchillo filoso, encajaba la punta de tal manera que sólo penetraba hasta donde terminaba la parte verde de la cáscara, dejando sin tocar el corazón de la sandía.

Hacía varios cortes en la cáscara de una perfección matemática tal que cuando terminaba tomaba entre sus manos la sandía y le daba un solo golpe sobre una piedra, pero en el lugar exacto y mágicamente la cáscara de la sandía se abría como pétalos en flor, quedando sobre la mesa el corazón intacto. Indudablemente, tratándose de partir, desmantelar, desmembrar, desolar, destetar, desjarretar, desbaratar o desmadrar algo, Mamá Elena era una maestra. Desde que Mamá Elena murió nunca nadie ha podido volver a realizar esa proeza (con la sandía).

Tita escuchó desde su hamaca cómo alguien se había levantado a comer un pedazo de sandía. A ella la habían despertado las ganas de ir al baño. Todo el día había tomado cerveza, no para aminorar el calor sino para tener más leche para amamantar a su sobrino.

Éste dormía apaciblemente junto a su hermana. Se levantó a tientas, no podía distinguir nada, era una noche de completa obscuridad. Se fue caminando hacia el baño, tratando de recordar dónde estaban las hamacas, no quería tropezar con nadie.

Pedro, sentado en su hamaca, comía su sandía y pensaba en Tita. Su cercanía le producía una gran agitación. No podía dormir imaginándola ahí a unos pasos de él... y de Mamá Elena, por supuesto. Su respiración se detuvo unos instantes al escuchar el sonido de unos pasos en las tinieblas. Tenía que tratarse de Tita, la fragancia peculiar que se esparció por el aire, entre jazmín y olores de la cocina sólo podía pertenecerle a ella. Por un momento pensó que Tita se había levantado para buscarlo. El ruido de sus pasos acercándose a él se confundía con el de su corazón, que latía violentamente. Pero no, los pasos ahora se alejaban, en dirección al baño. Pedro se levantó como un felino y sin hacer ruido la alcanzó.

Tita se sorprendió al sentir que alguien la jalaba y le tapaba la boca, pero inmediatamente se dio cuenta de a quién pertenecía esa mano y permitió sin ninguna resistencia que la mano se deslizara primero por su cuello hasta sus senos y después en un reconocimiento total por todo su cuerpo.

Mientras recibía un beso en la boca, la mano de Pedro, tomando la suya, la invitó a recorrerle el cuerpo. Tita tímidamente palpó los duro músculos de los brazos y el pecho de Pedro. Más abajo, un tizón encendido, que palpitaba bajo la ropa. Asustada, retiró la mano, no por el descubrimiento, sino por un grito de Mamá Elena.

—Tita, ¿dónde estás?

—Aquí, mami, vine al baño.

Temerosa de que su madre sospechara algo, Tita regresó rápidamente y pasó una noche de tortura aguantando las ganas de orinar acompañada de otra sensación parecida. Pero de nada sirvió su sacrificio: al día siguiente Mamá Elena, que por un tiempo parecía haber cambiado de opinión en cuanto a que Pedro y Rosaura se fueran a vivir a San Antonio, Texas, aceleró la partida y en tres días más logró que se fueran del rancho.

La entrada de Mamá Elena a la cocina ahuyentó sus recuerdos. Tita dejó caer el chorizo de entre sus manos. Sospechaba que su madre podía leerle el pensamiento. Tras ella, entró Chencha llorando desconsoladamente.

—¡No llores niña! Me choca verte llorar. ¿Qué es lo que te pasa?

—Es q'el Felipe ya'stá aquí y dice ¡que si petatió!

—¿Qué dices? ¿Quién se murió?

¡Pos el niño!

¿Cuál niño?

—¡Pos cuál iba'ser! Pos su nieto, todo lo que comía le caía mal ¡y pos si petatió!

Tita sintió en su cabeza un trastero cayéndose. Después del golpe, el sonido de una vajilla rota en mil pedazos. Como impelida por un resorte se levantó.

—¡Siéntate a trabajar! Y no quiero lágrimas. Pobre criatura, espero que el Señor lo tenga en su gloria, pero no podemos dejar que la tristeza nos gane, hay mucho que hacer. Primero terminas y luego haces lo que quieras, menos llorar, ¿me oíste?

Tita sintió que una violenta agitación se posesionaba de su ser: enfrentó firmemente la mirada de su madre mientras acariciaba el chorizo y después, en lugar de obedecerla, tomó todos los chorizos que encontró y los partió en pedazos, gritando enloquecida.

—¡Mire lo que hago con sus órdenes! ¡Ya me cansé! ¡Ya me cansé de obedecerla!

Mamá Elena se acercó, tomó una cuchara de madera y le cruzó la cara con ella.

—¡Usted es la culpable de la muerte de Roberto! —le gritó Tita fuera de sí y salio corriendo, secándose la sangre que le escurría de la nariz; tomó al pichón, la cubeta de lombrices y se subió al palomar.

Mamá Elena ordenó que quitaran la escalera y que la dejaran pasar toda la noche ahí. Mamá Elena y Chencha terminaron en silencio de rellenar los chorizos. Con lo perfeccionista que era Mamá Elena y el cuidado que siempre ponía para que no quedara aire dentro de los chorizos, fue verdaderamente inexplicable para todos que una semana después encontraran los chorizos invadidos de gusanos en la bodega donde los había puesto a secar.

A la mañana siguiente mandó que Chencha bajara a Tita. Mamá Elena no podía hacerlo pues sólo había una cosa que temía en la vida y era el miedo a las alturas. No soportaba ni el pensamiento de tener que subir por la escalera, que medía siete metros, y abrir hacia afuera la pequeña puerta, para poder entrar. Por lo tanto le convenía fingir más orgullo del que tenía y mandar a otra persona para que bajara a Tita, aunque ganas no le faltaban de subir personalmente y bajarla arrastrándola de los cabellos.

Chencha la encontró con el pichón en las manos. Tita parecía no darse cuenta de que estaba muerto. Intentaba darle de comer más lombrices. El pobre tal vez murió de indigestión porque Tita le dio demasiadas. Tita tenía la mirada perdida y miraba a Chencha como si fuera la primera vez que la viera en su vida.

Chencha bajó diciendo que Tita estaba como loca y que no quería abandonar el palomar.

—Muy bien, si está como loca va a ir a dar al manicomio. ¡En esta casa no hay lugar para dementes!

Y efectivamente, de inmediato mandó a Felipe por el doctor Brown para que se llevara a Tita a un manicomio. El doctor llegó, escuchó la versión de la historia de parte de Mamá Elena y se dispuso a subir al palomar.

Encontró a Tita desnuda, con la nariz rota y llena de suciedad de palomas en todo el cuerpo. Algunas plumas se le habían pegado en la piel y el pelo. En cuanto vio al doctor corrió a un rincón y se puso en posición fetal.

Nadie supo qué le dijo el doctor Brown durante las horas que pasó con ella, pero al atardecer bajó con Tita ya vestida, la subió a su carretela y se la llevó.

Chencha, corriendo y llorando a su lado, apenas alcanzó a ponerle a

Tita en los hombros la enorme colma que había tejido en sus interminables noches de insomnio. Era tan grande y pesada que no cupo dentro del carruaje. Tita se aferró a ella con tal fuerza que no hubo más remedio que llevarla arrastrando como una enorme y caleidoscópica cola de novia que alcanzaba a cubrir un kilómetro completo. Debido a que Tita utilizaba en su colcha cuanto estambre caía en sus manos, sin importarle el color, la colcha mostraba una amalgama de colores, texturas y formas que aparecían y desaparecían como por arte de magia entre la monumental polvareda que levantaba a su paso.

Continuará...

Siguiente receta:

Masa para hacer fósforos

Capítulo VI
Junio
MASA PARA HACER FÓSFOROS

INGREDIENTES:

1   onza de nitro en polvo
1/2 onza de minio
1/2 onza de goma arábiga en polvo
1   dracma de fósforo
    azafrán
    cartón

Manera de hacerse:

Disuélvase la goma arábiga en agua caliente hasta que se haga una masa no muy espesa; estando preparada se le une el fósforo y se disuelve en ella, al igual que el nitro. Se le pone después el minio suficiente para darle color.

Tita observaba al doctor Brown realizar estas acciones en silencio.

Estaba sentada junto a la ventana de un pequeño laboratorio que el doctor tenía en la parte trasera del patio de su casa. La luz que se filtraba por la ventana le daba en la espalda y le proporcionaba una pequeña sensación de calor, tan sutil que era casi imperceptible. Su frío crónico no le permitía calentarse, a pesar de estar cubierta con su pesada colcha de lana. Por uno de sus extremos continuaba tejiéndola por las noches, con un estambre que John le había comprado.

De toda la casa, ése era el lugar preferido de ambos. Tita lo había descubierto a la semana de haber llegado a la casa del doctor John Brown. Pues John, en contra de lo que Mamá Elena le había pedido, en lugar de depositarla en un manicomio la llevó a vivir con él. Tita nunca dejaría de agradecérselo. Tal vez en un manicomio hubiera terminado realmente loca.

En cambio, aquí, con las cálidas palabras y las actitudes de John para con ella se sentía cada día mejor. Como en sueños recordaba su llegada a la casa. Entre imágenes borrosas guardaba en su memoria el intenso dolor que sintió cuando el doctor le puso la nariz en su lugar.

Después las manos de John, graves y amorosas, quitándole la ropa y bañándola; luego con cuidado le habían desprendido de todo el cuerpo la suciedad de las palomas, dejándola limpia y perfumada. Por último le habían cepillado el cabello tiernamente y la habían acostado en una cama con sábanas almidonadas.

Esas manos la habían rescatado del horror y nunca lo olvidaría.

Algún día, cuando tuviera ganas de hablar le gustaría hacérselo saber a John; por ahora prefería el silencio. Tenía muchas cosas que ordenar en su mente y no encontraba palabras para expresar lo que se estaba cocinando en su interior desde que dejó el rancho. Se sentía muy desconcertada. Los primeros días inclusive no quería salir de su cuarto, ahí le llevaba sus alimentos Caty, una señora norteamericana de 70 años, que aparte de encargarse de la cocina tenía la misión de cuidar de Alex, el pequeño hijo del doctor. La madre de éste se había muerto cuando él nació. Tita escuchaba a Alex reír y corretear por el patio, sin ánimos de conocerlo.

A veces Tita ni siquiera probaba la comida, era una comida insípida que le desagradaba. En lugar de comer prefería ponerse horas enteras viéndose las manos. Como un bebé las analizaba y las reconocía como propias. Las podía mover a su antojo, pero aún no sabía qué hacer con ellas, aparte de tejer. Nunca había tenido tiempo de detenerse a pensar en estas cosas. Al lado de su madre, lo que sus manos tenían que hacer estaba fríamente determinado, no había dudas. Tenía que levantarse, vestirse, prender el fuego en la estufa, preparar el desayuno, alimentar a los animales, lavar los trastes, hacer las camas, preparar la comida, lavar los trastes, planchar la ropa, preparar la cena, lavar los trastes, día tras día, año tras año. Sin detenerse un momento, sin pensar si eso era lo que le correspondía. Al verlas ahora libres de las órdenes de su madre no sabía qué pedirles que hicieran, nunca lo había decidido por sí misma. Podían hacer cualquier cosa o convertirse en cualquier cosa. ¡Si pudieran transformarse en aves y elevarse volando! Le gustaría que la llevaran lejos, lo más lejos posible. Acercándose a la ventana que daba al patio, elevó sus manos al cielo, quería huir de sí misma, no quería pensar en tomar una determinación, no quería volver a hablar. No quería que sus palabras gritaran su dolor.

Deseó con toda el alma que sus manos se elevaran. Permaneció un buen rato así, viendo el fondo azul del cielo a través de sus inmóviles manos. Tita pensó que el milagro se estaba convirtiendo en realidad cuando observó que sus dedos se empezaban a transformar en un tenue vapor que se elevaba al cielo. Se preparó para subir atraída por una fuerza superior, pero nada de eso sucedió. Decepcionada, descubrió que el humo no le pertenecía.

Provenía de un pequeño cuarto al fondo del patio. Una fumarola desperdigaba por el ambiente un olor tan agradable y a la vez tan familiar que la hizo abrir la ventana para poder inhalarlo profundamente. Con sus ojos cerrados se vio sentada junto a Nacha en el piso de la cocina mientras hacían tortillas de maíz: vio la olla donde se cocinaba un puchero de lo más aromático, junto a él los frijoles soltaban el primer hervor... sin dudarlo decidió ir a investigar quién cocinaba. No podía tratarse de Caty. La persona que producía ese tipo de olor con la comida sí sabía cocinar. Sin haberla visto, Tita sentía reconocerse en esa persona, quienquiera que fuera.

Cruzó el patio con determinación, abrió la puerta y se encontró con una agradable mujer como de 80 años de edad. Era muy parecida a Nacha. Una larga trenza cruzada le cubría la cabeza, estaba limpiándose el sudor de la frente con el delantal. Su rostro tenía claros rasgos indígenas. Hervía té en un cazo de barro.

Levantó la vista y le sonrió amablemente, invitándola a sentarse junto a ella. Tita así lo hizo. Inmediatamente le ofreció una taza de ese delicioso té.

Tita lo tomó despacito, disfrutando al máximo el sabor de esas hierbas desconocidas y conocidas al mismo tiempo. Qué sensación más agradable le producían el calor y el sabor de esta infusión.

Permaneció un buen rato al lado de esta señora. Ella tampoco hablaba, pero no era necesario. Desde un principio se estableció entre ellas una comunicación que iba más allá de las palabras.

Desde entonces diariamente la había visitado. Pero poco a poco, en lugar de ella, fue apareciendo el doctor Brown. La primera vez que sucedió le causó extrañeza, no esperaba encontrarlo ahí, ni tampoco los cambios que había hecho en la decoración del lugar.

Ahora habían muchos aparatos científicos, tubos de ensayo, lámparas, termómetros, etc... La pequeña estufa había perdido el lugar preponderante, para ocupar un pequeño sitio en un rincón de la habitación. Sentía que no era justa esta relegación, pero como no deseaba que sus labios emitieran sonido alguno, se guardó para más tarde su opinión al respecto junto con la pregunta sobre el paradero y la identidad de esta mujer. Además tenía que reconocer que también disfrutaba enormemente de la compañía de John. La única diferencia era que él sí hablaba y en lugar de cocinar se dedicaba a poner a prueba sus teorías de una manera científica.

Esta afición por experimentar la había heredado de su abuela, una india kikapú a la que su abuelo había raptado y llevado a vivir con él lejos de su tribu. Con todo y que se casó con ella, la orgullosa y netamente norteamericana familia del abuelo le había construido este cuarto al fondo de la casa, donde la abuela podía pasar la mayor parte del día dedicándose a la actividad que más le interesaba: investigar las propiedades curativas de las plantas.

Al mismo tiempo este cuarto le servía de refugio en contra de las agresiones de su familia. Una de las primeras que recibió fue que le pusieran el mote de «la kikapú», en lugar de llamarla por su verdadero nombre, creyendo que con esto la iban a molestar enormemente. Para los Brown, la palabra kikapú encerraba lo más desagradable de este mundo, pero no así para «Luz del amanecer». Para ella significaba todo lo contrario y era un motivo enorme de orgullo.

Éste era sólo un pequeño ejemplo de la gran diferencia de opiniones y conceptos que existían entre estos representantes de dos culturas tan diferentes y que hacía imposible que entre los Brown surgiera el deseo de un acercamiento a las costumbres y tradiciones de «Luz del amanecer». Tuvieron que pasar años antes de que se adentraran un poco en la cultura de «la kikapú». Fue cuando el bisabuelo de John, Peter, estuvo muy enfermo de un mal en los bronquios. Los accesos de tos lo hacían ponerse morado constantemente. El aire no podía entrarle libremente a sus pulmones. Su esposa Mary, conocedora de nociones sobre medicina, pues era hija de un médico, sabía que en estos casos el organismo del enfermo producía mayor cantidad de glóbulos rojos; para contrarrestar esta insuficiencia era recomendable aplicar una sangría para prevenir que un exceso de estos glóbulos produjera un infarto o un trombo, ya que cualquiera de ellos podía ocasionar la muerte del enfermo.

La abuela de John, Mary, entonces empezó a preparar las sanguijuelas con las que aplicaría la sangría a su esposo. Mientras lo hacía se sentía de lo más orgullosa de estar al tanto de los mejores reconocimientos científicos, que le permitían cuidar la salud de su familia de una manera moderna y adecuada, ¡no con hierbas como «la kikapú»!

Las sanguijuelas se ponen dentro de un vaso con medio dedo de agua, por espacio de una hora. La parte del cuerpo donde se van a aplicar se lava con agua tibia azucarada. Entre tanto se colocan las sanguijuelas en un lienzo limpio y se cubren con él. Después se colocan sobre la parte en que se han de agarrar, sujetándolas bien con el paño y procurando comprimirlas, para que no vayan a picar por otro lado. Si después de desprenderlas conviniera la evacuación de sangre, ésta se favorece por medio de fricciones de agua caliente. Para contener la sangre y cerrar las fisuras se cubren con yesca de álamo o trapo y luego se aplica una cataplasma de miga de pan y leche, que se retira hasta que las fisuras estén enteramente cicatrizadas.

Mary hizo todo esto al pie de la letra, pero el caso es que cuando retiraron las sanguijuelas del brazo de Peter se empezó a desangrar y no podían contenerle la hemorragia. Cuando «la kikapú» escuchó los gritos de desesperación provenientes de la casa corrió a ver qué era lo que pasaba. Al momento se acercó al enfermo y al poner una de sus manos sobre las heridas logró de inmediato contener el sangrado. Todos quedaron asombradísimos. Entonces les pidió que por favor la dejaran a solas con el enfermo. Nadie se atrevió a decirle que no después de lo que acababan de presenciar. Se pasó toda la tarde al lado de su suegro cantándole melodías extrañas y poniéndole cataplasmas de hierbas entre los humos del incienso y copal que había puesto a quemar. Hasta muy entrada la noche abrió la puerta de la recámara y salió rodeada de nubes de incienso; tras ella, Peter hizo su aparición, completamente restablecido.

A partir de ese día «la kikapú» se convirtió en el médico de la familia y fue plenamente reconocida como curandera milagrosa entre la comunidad norteamericana. El abuelo quiso construirle un sitio más grande para que practicara sus investigaciones, pero ella se negó. No podía haber en toda la casa un lugar superior a su pequeño laboratorio. En él John había pasado la mayor parte de su niñez y adolescencia. Cuando entró a la universidad dejó de frecuentarlo, pues las modernas teorías médicas que ahí le enseñaban, se contraponían enormemente con las de su abuela y con lo que él aprendía de ella. Conforme la medicina fue avanzando, fue llevando a John de regreso a los conocimientos que su abuela le había dado en sus inicios, y ahora, después de muchos años de trabajo y estudio, regresaba al laboratorio convencido de que sólo ahí encontraría lo último en medicina. Mismo que podría llegar a ser del conocimiento público si es que él lograba comprobar científicamente todas las curaciones milagrosas que «Luz del amanecer» había realizado.

Tita gozaba enormemente el verlo trabajar. Con él siempre había cosas que aprender y descubrir, como ahora, que mientras preparaba los cerillos le estaba dando toda una cátedra sobre el fósforo y sus propiedades.

—En 1669, Brandt, químico de Hamburgo, buscando la piedra filosofal descubrió el fósforo. Él creía que al unir el extracto de la orina con un metal conseguiría transmutarlo en oro. Lo que obtuvo fue un cuerpo luminoso por sí mismo, que ardía con una vivacidad desconocida hasta entonces. Por mucho tiempo se obtuvo el fósforo calcinando fuertemente el residuo de la evaporación de la orina en una retorta de tierra cuyo cuello se sumergía en el agua. Hoy se extrae de los huesos de los animales, que contienen ácido fosfórico y cal.

El doctor, no por hablar, descuidaba la preparación de los fósforos. Sin ningún problema disociaba la actividad mental de la física. Podía inclusive filosofar sobre aspectos muy profundos de la vida sin que sus manos cometieran errores o pausas. Por tanto prosiguió manufacturando los cerillos mientras platicaba con Tita.

—Ya teniendo la masa para los fósforos, el paso que sigue es preparar el cartón para las cerillas. En una libra de agua se disuelve una de nitro y se le agrega un poco de azafrán para darle color y en esta solución se baña el cartón. Al secarse se corta en pequeñas tiritas y a éstas se les pone un poco de masa en las puntas. Poniéndolas a secar, enterradas en arena.

Mientras se secaban las tiras, el doctor le mostró un experimento a Tita.

—Aunque el fósforo no hace combustión en el oxígeno a la temperatura ordinaria, es susceptible de arder con gran rapidez a una temperatura elevada, mire...

El doctor introdujo un pequeño pedazo de fósforo bajo un tubo cerrado por uno de sus extremos y lleno de mercurio. Hizo fundir el fósforo acercando el tubo a la llama de una vela. Después, por medio de una pequeña campana de ensayos llena de gas oxígeno hizo pasar el gas a la campana muy poco a poco. En cuanto el gas oxígeno llegó a la parte superior de la campana, donde se encontraba el fósforo fundido, se produjo una combustión viva e instantánea, que los deslumbró como si fuese un relámpago.

—Como ve, todos tenemos en nuestro interior los elementos necesarios para producir fósforo. Es más, déjeme decirle algo que a nadie le he confiado. Mi abuela tenía una teoría muy interesante, decía que si bien todos nacemos con una caja de cerillos en nuestro interior, no los podemos encender solos, necesitamos, como en el experimento, oxígeno y la ayuda de una vela. Sólo que en este caso el oxígeno tiene que provenir, por ejemplo, del aliento de la persona amada; la vela puede ser cualquier tipo de alimento, música, caricia, palabra o sonido que haga disparar el detonador y así encender uno de los cerillos. Por un momento nos sentiremos deslumbrados por una intensa emoción. Se producirá en nuestro interior un agradable calor que irá desapareciendo poco a poco conforme pase el tiempo, hasta que venga una nueva explosión a reavivarlo. Cada persona tiene que descubrir cuáles son sus detonadores para poder vivir, pues la combustión que se produce al encenderse uno de ellos es lo que nutre de energía al alma. En otras palabras, esta combustión es su alimento. Si uno no descubre a tiempo cuáles son sus propios detonadores, la caja de cerillos se humedece y ya nunca podremos encender un solo fósforo.

Si eso llega a pasar el alma huye de nuestro cuerpo, camina errante por las tinieblas más profundas tratando vanamente de encontrar alimento por sí misma, ignorante de que sólo el cuerpo que ha dejado inerme, lleno de frío, es el único que podría dárselo.

¡Qué ciertas eran estas palabras! Si alguien lo sabía era ella.

Desgraciadamente, tenía que reconocer que sus cerillos estaban llenos de moho y humedad. Nadie podría volver a encender uno solo.

Lo más lamentable era que ella sí conocía cuáles eran sus detonadores, pero cada vez que había logrado encender un fósforo se lo habían apagado inexorablemente.

John, como leyéndole el pensamiento, comentó:

—Por eso hay que permanecer alejados de personas que tengan un aliento gélido. Su sola presencia podría apagar el fuego más intenso, con los resultados que ya conocemos. Mientras más distancia tomemos de estas personas, será más fácil protegernos de su soplo. —Tomando una mano de Tita entre las suyas, fácil añadió: —Hay muchas maneras de poner a secar una caja de cerillos húmeda, pero puede estar segura de que tiene remedio.

Tita dejó que unas lágrimas se deslizaran por su rostro. Con dulzura John se las secó con su pañuelo.

—Claro que también hay que poner mucho cuidado en ir encendiendo los cerillos uno por uno. Porque si por una emoción muy fuerte se llegan a encender todos de un solo golpe producen un resplandor tan fuerte que ilumina más allá de lo que podemos ver normalmente y entonces ante nuestros ojos aparece un túnel esplendoroso que nos muestra el camino que olvidamos al momento de nacer y que nos llama a reencontrar nuestro perdido origen divino. El alma desea reintegrarse al lugar de donde proviene, dejando al cuerpo inerte... Desde que mi abuela murió he tratado de demostrar científicamente esta teoría. Tal vez algún día lo logre. ¿Usted qué opina?

El doctor Brown guardó silencio, para darle tiempo a Tita de comentar algo si así lo deseaba. Pero su silencio era como de piedra.

—Bueno, no quiero aburrirla con mi plática. Vamos a descansar, pero antes de irnos quisiera enseñarle un juego que mi abuela y yo practicábamos con frecuencia. Aquí pasábamos la mayor parte del día y entre juegos me transmitió todos sus conocimientos.

Ella era una mujer muy callada, así como usted. Se sentaba frente a esa estufa, con su gran trenza cruzada sobre la cabeza y solía adivinar lo que yo pensaba. Yo quería aprender a hacerlo así que después de mucho insistirle me dio la primera lección. Ella escribía utilizando una sustancia invisible, y sin que yo la viera, una frase en la pared. Cuando por la noche yo veía la pared, adivinaba lo que ella había escrito. ¿Quiere que hagamos la prueba?

Con esta información Tita se enteró de que la mujer con la que tantas veces había estado era la difunta abuela de John. Ya no tenía que preguntarlo.

El doctor tomó con un lienzo un pedazo de fósforo y se lo dio a Tita.

—No quiero romper la ley del silencio que se ha impuesto, así que como un secreto entre los dos, le voy a pedir que en cuanto yo salga usted me escriba en esta pared las razones por las que no habla, ¿de acuerdo? Mañana yo las adivinaré ante usted.

El doctor, por supuesto, omitió decirle a Tita que una de las propiedades del fósforo era la que haría brillar por la noche, lo que ella hubiera escrito en la pared. Obviamente, él no necesitaba de este subterfugio para conocer lo que ella pensaba, pero confiaba en que éste sería un buen comienzo para que Tita entablara nuevamente una comunicación consciente con el mundo, aunque ésta fuera por escrito. John percibía que ya estaba lista para ello. En cuanto el doctor salió, Tita tomó el fósforo y se acercó al muro.

En la noche cuando John Brown entró al laboratorio sonrió complacido al ver escrito en la pared con letras firmes y fosforecentes. «Porque no quiero». Tita con estas tres palabras había dado el primer paso hacia la libertad.

Mientras tanto, Tita con los ojos fijos en el techo, no podía dejar de pensar en las palabras de John: ¿sería posible hacer vibrar su alma nuevamente? Deseó con todo su ser que así fuera.

Tenía que encontrar a alguien que lograra encenderle este anhelo.

¿Y si esa persona fuera John? Recordaba la placentera sensación que le recorrió el cuerpo cuando él la tomó de la mano en el laboratorio. No. No lo sabía. De lo único que estaba convencida es de que no quería volver al rancho. No quería vivir cerca de Mamá Elena nunca más.

Continuará...

Siguiente receta:

Caldo de colita de res

Capítulo VII
Julio
CALDO DE COLITA DE RES

INGREDIENTES:

2   colitas de res
1   cebolla
2   dientes de ajo
4   jitomates
1/4 de kilo de ejotes
2   papas
4   chiles moritas

Manera de hacerse:

Las colitas partidas se ponen a cocer con un trozo de cebolla, un diente de ajo, sal y pimienta al gusto. Es conveniente poner un poco más de agua de la que normalmente se utiliza para un cocido, teniendo en cuenta que vamos a preparar un caldo. Y un buen caldo que se respete tiene que ser caldoso, sin caer en lo aguado.

Los caldos pueden curar cualquier enfermedad física o mental, bueno al menos ésa era la creencia de Chencha y Tita, que por mucho tiempo no le había dado el crédito suficiente. Ahora no podía menos que aceptarla como cierta.

Hacía tres meses, al probar una cucharada del caldo que Chencha le preparó y le llevó a la casa del doctor John Brown, Tita había recobrado toda su cordura.

Estaba recargada en el cristal, viendo a través de la ventana a Alex, el hijo de John, en el patio corriendo tras unas palomas.

Escuchó los pasos de John subiendo las escaleras, esperaba con ansia su acostumbrada visita. Las palabras de John eran su único enlace con el mundo. Si pudiera hablar y decirle lo importante que era para ella su presencia y su plática. Si pudiera bajar y besar a Alex como al hijo que no tenía y jugar con él hasta el cansancio, si pudiera recordar cómo cocinar tan siquiera un par de huevos, si pudiera gozar de un platillo cualquiera que fuera, si pudiera... volver a la vida. Un olor que percibió la sacudió. Era un olor ajeno a esta casa. John abrió la puerta y apareció ¡con una charola en las manos y un plato con caldo de colita de res!

¡Un caldo de colita de res! No podía creerlo. Tras John entró Chencha bañada en lágrimas. El abrazo que se dieron fue breve, para evitar que el caldo se enfriara. Cuando dio el primer sorbo Nacha llegó a su lado y le acarició la cabeza mientras comía, como lo hacía cuando de niña ella se enfermaba y la besó repetidamente en la frente. Ahí estaban, junto a Nacha, los juegos de su infancia en la cocina, las salidas al mercado, las tortillas recién cocidas, los huesitos de chabacano de colores, las tortas de navidad, su casa, el olor a leche hervida, a pan de natas, a champurrado, a comino, a ajo, a cebolla. Y como toda la vida, al sentir el olor que despedía la cebolla, las lágrimas hicieron su aparición. Lloró como no lo hacía desde el día en que nació. Qué bien le hizo platicar largo rato con Nacha. Igual que en los viejos tiempos, cuando Nacha aún vivía y juntas habían preparado infinidad de veces caldo de colita. Rieron al revivir esos momentos y lloraron al recordar los pasos a seguir en la preparación de esta receta. Por fin había logrado recordar una receta, al rememorar como primer paso, la picada de la cebolla.

La cebolla y el ajo se pican finamente y se ponen a freír en un poco de aceite; una vez que se acitronan se les incorporan las papas, los ejotes y el jitomate picado hasta que se sazonen.

John interrumpió estos recuerdos al entrar bruscamente en el cuarto, alarmado por el riachuelo que corría escaleras abajo.

Cuando se dio cuenta de que se trataba de las lágrimas de Tita, John bendijo a Chencha y a su caldo de colita por haber logrado lo que ninguna de sus medicinas había podido: que Tita llorara de esa manera. Apenado por la intromisión, se dispuso a retirarse. La voz de Tita se lo impidió. Esa melodiosa voz que no había pronunciado palabra en seis meses.

—¡John! ¡No se vaya por favor!

John permaneció a su lado y fue testigo de cómo pasó Tita de las lágrimas a las sonrisas al escuchar por boca de Chencha todo tipo de chismes e infortunios. Así se enteró el doctor de que Mamá Elena tenía prohibidas las visitas a Tita. En la familia De la Garza se podían perdonar algunas cosas, pero nunca la desobediencia ni el cuestionamiento de las actitudes de los padres. Mamá Elena no le perdonaría jamás a Tita que, loca o no loca, la hubiera culpado de la muerte de su nieto. Y al igual que con Gertrudis tenía vetado inclusive el que se pronunciara su nombre. Por cierto, Nicolás había regresado hacía poco con noticias de ella.

Efectivamente la había encontrado trabajando en un burdel. Le había entregado su ropa y ella le había mandado una carta a Tita. Chencha se la dio y Tita la leyó en silencio:

Querida Tita:

No sabes cómo te agradezco el que me hayas enviado mi ropa. Por fortuna aún me encontraba aquí y la pude recibir. Mañana voy a dejar este lugar, pues no es el que me pertenece. Aún no sé cuál sea, pero sé que en alguna parte tengo que encontrar un sitio adecuado para mí. Si caí aquí fue porque sentía que un fuego muy intenso me quemaba por dentro, el hombre que me recogió en el campo, prácticamente me salvó la vida. Ojalá lo vuelva a encontrar algún día. Me dejó porque sus fuerzas se estaban agotando a mi lado, sin haber logrado aplacar mi fuego interior. Por fin ahora después de que infinidad de hombres han pasado por mí, siento un gran alivio. Tal vez algún día regrese a casa y te lo pueda explicar.

Te quiere tu hermana Gertrudis.

Tita guardó la carta en la bolsa de su vestido y no hizo el menor comentario. El que Chencha no le preguntara nada sobre el contenido de la carta indicaba claramente que ya la había leído al derecho y al revés.

Más tarde, entre Tita, Chencha y John secaron la recámara y las escaleras y la planta baja.

Al despedirse, Tita le comunicó a Chencha su decisión de no regresar nunca más al rancho y le pidió que se lo hiciera saber a su madre. Mientras Chencha cruzaba por enésima vez el puente entre Eagle Pass y Piedras Negras, sin darse cuenta, pensaba cuál sería la mejor manera de darle la noticia a Mamá Elena. Los celadores de ambos países la dejaron hacerlo, pues la conocían desde niña. Además resultaba de lo más diver do verla caminar de un lado a otro hablando sola y mordizqueando su rebozo. Sentía que su ingenio para inventar estaba paralizado por el terror.

Cualquier versión que diera de seguro iba a enfurecer a Mamá Elena.

Tenía que inventar una en la cual, al menos ella, saliera bien librada. Para lograrlo tenía que encontrar una excusa que disculpara la visita que le había hecho a Tita. Mamá Elena no se tragaría ninguna. ¡Como si no la conociera! Envidiaba a Tita por haber tenido el valor de no regresar al rancho. Ojalá y ella pudiera hacer lo mismo, pero no se atrevía. Desde niña había oído hablar de lo mal que les va a las mujeres que desobedecen a sus padres o a sus patrones y se van de la casa. Acaban revolcadas en el arroyo inmundo de la vida galante. Nerviosa daba vueltas y vueltas a su rebozo, tratando de exprimirle la mejor de sus mentiras para estos momentos. Nunca antes le había fallado. Al llegar a las cien retorcidas al rebozo siempre encontraba el embuste apropiado para la ocasión. Para ella mentir era una práctica de sobrevivencia que había aprendido desde su llegada al rancho. Era mucho mejor decir que el padre Igancio la había puesto a recoger las limosnas que reconocer que se le había tirado la leche por estar platicando en el mercado. El castigo al cual uno se hacía merecedora era completamente diferente.

Total todo podía ser verdad o mentira, dependiendo de que uno se creyera las cosas verdaderamente o no. Por ejemplo, todo lo que había imaginado sobre la suerte de Tita no había resultado cierto.

Todos estos meses se los había pasado angustiada pensando en los horrores por los que estaría pasando fuera de la cocina de su casa. Rodeada de locos gritando obscenidades, atada por una camisa de fuerza y comiendo qué sabe qué tipo de comida horrenda fuera de casa. Imaginaba la comida de un manicomio y gringo, para acabarla de amolar, como lo peor del mundo. Y la verdad, a Tita la había encontrado bastante bien, nunca había puesto un pie en un manicomio, se veía que la trataban de lo más bien en casa del doctor y no ha de haber comido tan mal, pues le notaba hasta unos kilitos de más. Pero eso sí, por mucho que hubiera comido nunca le habían dado algo como el caldo de colita. De eso sí podía estar bien segura, si no, ¿por qué había llorado tanto cuando lo comió?

Pobre Tita, de seguro ahora que la había dejado estaría llorando nuevamente, atormentada por los recuerdos y la idea de no volver a cocinar al lado de Chencha nunca más. Sí, de seguro estaría sufriendo mucho. Nunca se le hubiera ocurrido imaginarla como realmente estaba, bellísima, luciendo un vestido de raso tornasol con encajes, cenando a la luz de la luna y recibiendo una declaración de amor. Para la mente sufridora y exagerada de Chencha esto hubiera sido demasiado. Tita estaba sentada cerca de una fogata asando un malvavisco. A su lado John Brown le proponía matrimonio. Tita había aceptado acompañar a John a una lunada en un rancho vecino para festejar que la acababa de dar de alta. John le había regalado un hermoso vestido que desde hacía tiempo había comprado en San Antonio, Texas, para este momento. Su color tornasol la hacía recordar el plumaje que las palomas tienen en el cuello, pero ya sin ninguna asociación dolorosa con el lejano día en que se encontró en el palomar. Francamente, estaba completamente recuperada y dispuesta a iniciar una nueva vida al lado de John. Con un tierno beso en los labios sellaron su compromiso. Tita no sintió lo mismo que cuando Pedro la había besado, pero esperaba que su alma por tanto tiempo enmohecida lograra poco a poco encenderse con la cercanía de este hombre tan maravilloso.

¡Por fin, después de haber caminado tres horas, Chencha tenía ya la respuesta! Como siempre había encontrado la mentira idónea. Le diría a Mamá Elena que paseando por Eagle Pass se había encontrado en una esquina a una limosnera con la ropa sucia y desgarrada. Que la compasión la había hecho acercásele para darle 10 centavos, y que azorada descubrió que se trataba de Tita. Se había escapado del manicomio y vagaba por el mundo pagando la culpa de haber insultado a su madre. Ella la había invitado a regresar, pero Tita se había negado. No se sentía merecedora de vivir nuevamente al lado de tan buena madre y le había pedido que por favor le dijera a su mamá que la quería mucho y que nunca olvidaría lo mucho que siempre había hecho por ella, prometiendo que en cuanto se hiciera una mujer de bien regresaría a su lado para darle todo el amor y el respeto que Mamá Elena se merecía.

Chencha pensaba cubrirse de gloria con esta mentira, pero infortunadamente no lo pudo lograr. Esa noche, al llegar a la casa un grupo de bandoleros atacó el rancho. A Chencha la violaron y Mamá Elena, al tratar de defender su honor, recibió un fuerte golpe en la espalda y éste le provocó una paraplegia que la paralizó de la cintura para abajo. En esas condiciones no estaba como para recibir ese tipo de noticias, ni Chencha como para darlas.

Por otro lado estuvo bien que no le hubiera dicho nada, pues con el retorno de Tita al rancho al conocer la desgracia, su piadosa mentira se había venido a pique ante la esplendorosa belleza y energía que Tita irradiaba. Su madre la recibió en silencio. Y por primera vez Tita le sostuvo firmemente la mirada y Mamá Elena retiró la suya. Había en la mirada de Tita una luz extraña.

Mamá Elena desconocía a su hija. Sin palabras se hicieron mutuos reproches y con esto se rompió entre ellas el hasta entonces fuerte lazo de sangre y obediencia que las unía y que ya nunca se restablecería. Por tanto intentó de todo corazón atenderla lo mejor posible. Con mucho cuidado preparaba la comida para su madre y en especial el caldo de colita, con la sana intención que le sirviera como a ella para recuperarse totalmente.

Vació el caldillo ya sazonado con las papas y los ejotes en la olla donde había puesto a cocer las colitas de res.

Ya que se vacía, sólo hay que dejar hervir por media hora todos los ingredientes juntos. En seguida se retira del fuego y se sirve bien caliente.

Tita sirvió el caldo y se lo subió a su madre en una hermosa charola de plata cubierta con una servilleta de algodón bellamente deshilada y perfectamente blanqueada y almidonada.

TIta esperaba con ansiedad la reacción positiva de su madre en cuanto diera el primer sorbo, pero por el contrario Mamé Elena escupió el alimento sobre la colcha y a gritos le pidió a Tita que inmediatamente le retirara de su vista esa charola.

—Pero ¿por qué?

—Porque está asquerosamente amargo, no lo quiero. ¡Llévatelo! ¿No me oíste?

Tita en lugar de obedecerla dio media vuelta tratando de ocultar a los ojos de su madre el sentimiento de frustración que experimentaba. Escapaba a su comprensión el que un ser, independiente del parentesco que pudiera tener con otro, así nomás, con la mano en la cintura rechazara de una manera tan brutal una atención. Porque estaba segura de que el caldo estaba exquisito. Ella misma lo habia probado antes de subirlo. No podía ser de otra manera, pues había puesto mucho cuidado al prepararlo.

Se sentía verdaderamente una estúpida por haber regresado al rancho para atender a su madre. Lo mejor hubiera sido quedarse en casa de John sin pensar nunca más en la suerte que pudiera correr Mamá Elena. Pero los remordimientos no la hubieran dejado. La unica manera de liberarse realmente de ella sería con la muerte y Mamá Elena aún no tenía para cuándo.

Sentía ganas de correr lejos, muy lejos para proteger de la gélida presencia de su madre el pequeño fuego interior que John con trabajos había logrado encender. Era como si el escupitajo de Mamá Elena hubiera caído justo en el centro de la incipiente hoguera y la hubiera extinguido. Sufría dentro de sí los efectos del apagón; el humo le subía a la garganta y se le arremolinaba en un nudo espeso, que le nublaba la vista y le producía lagrimeo.

Bruscamente abrió la puerta y corrió, en el preciso momento en que John llegaba a realizar su visita médica. Chocaron intempestivamente. John la sostuvo en sus brazos justo a tiempo para evitar que cayera. Su cálido abrazo salvó a Tita de una congelación, fueron sólo unos instantes los que estuvieron unidos pero los suficientes como para reconfortarle el alma. Tita estaba empezando a dudar si esta sensación de paz y seguridad que John le daba era el verdadero amor, y no el ansia y el sufrimiento que experimentaba al lado de Pedro. Con verdadero esfuerzo se separó de John y salió de la recámara.

—¡Tita, ven acá! ¡Te dije que te llevaras esto!

—Doña Elena, no se altere por favor, le hace daño. Yo le quito esa charola, pero dígame ¿no tiene deseos de comer?

Mamá Elena le pidió al doctor que cerrara la puerta con llave y casi en secreto le externó su inquietud respecto a lo amargo de la comida. John le respondió que tal vez se debía al efecto de las medicinas que estaba tomando.

—De ninguna manera, doctor, si fuera la medicina todo el tiempo tendría ese sabor en la boca y no es así. Algo me están dando con la comida. Curiosamente desde que Tita regresó. Necesito que lo investigue.

John, sonriendo ante la maliciosa insinuación, se acercó a probar el caldo de colita que le habían llevado y que estaba intacto en la charola.

—A ver, vamos a descubrir qué le están poniendo en la comida. ¡Mmmmm! Qué delicia. Esto tiene ejotes, papas, chile y... no logro distinguir bien... qué tipo de carne es.

—No estoy para juegos, ¿no siente un sabor amargo?

—No, doña Elena, para nada. Pero si quiere lo mando analizar. No quiero que se preocupe. Pero mientras me dan los resultados tiene que comer.

—Entonces mándeme una buena cocinera.

—¡Pero cómo! Si tiene en casa a la mejor. Tengo entendido que su hija Tita es una cocinera excepcional. Un día de estos voy a pedirle su mano.

—¡Ya sabe que ella no se puede casar! —exclamó presa de una furiosa agitación.

John guardó silencio. No le convenía irritar más a Mamá Elena. Ni tenía caso puesto que estaba plenamente convencido de que él se casaría con Tita con o sin la autorización de ella. Sabía también que ahora a Tita la tenía muy sin cuidado su absurdo destino y que en cuanto cumpliera 18 años se casarían. Dio por terminada la visita, pidiéndole calma a Mamá Elena y prometiéndole que al día siguiente le mandaría una nueva cocinera. Y así lo hizo, pero Mamá Elena ni siquiera se dignó a recibirla. El comentario del doctor sobre la idea de pedir la mano de Tita le había abierto los ojos.

De seguro que entre los dos había surgido una relación amorosa.

Desde hacía tiempo sospechaba que Tita deseaba que ella desapareciera de este mundo para así poderse casar libremente, no una sino mil veces si le daba la gana. Este deseo lo percibía como una presencia constante entre ellas, en cada roce, en cada palabra, en cada mirada. Pero ahora no le cabía la menor duda de que Tita intentaba envenenarla poco a poco para poder casarse con el doctor Brown. Por tanto, desde ese día se negó terminantemente a comer nada que Tita hubiera cocinado. Le ordenó a Chencha que se hiciera cargo de la preparación de su comida. Sólo ella y nadie más podía llevársela y la tenía que probar en su presencia antes de que Mamá Elena se animara a comerla.

La nueva disposición no afectó para nada a Tita, es más, fue para ella un alivio el delegar en Chencha la penosa obligación de atender a su madre y así tener libertad para empezar a bordar las sábanas para su ajuar de novia. Había decidido casarse con John en cuanto su madre estuviera mejor.

La que sí se vio muy afectada por la orden fue Chencha. Aún se estaba restableciendo física y emocionalmente del brutal ataque del que fue objeto. Y aunque aparentemente se veía beneficiada al no tener que realizar ninguna otra tarea más que la de hacer la comida y llevársela a Mamá Elena, no era así. Al principio recibió con gusto la noticia, pero en cuanto empezaron los gritos y los reproches se dio cuenta de que no hay pan que no cueste una torta.

Un día en que había ido a que el doctor John Brown le quitara las costuras que le había tenido que hacer, pues había sufrido un desgarre durante la violación, Tita preparó la comida en su lugar.

Creyeron que podrían engañar a Mamá Elena sin mayor problema. A su regreso Chencha le llevó la comida y la probó como siempre lo hacía, pero al dársela a comer a ella, Mamá Elena de inmediato detectó el sabor amargo. Con enojo lanzó la charola al piso y corrió a Chencha de la casa, por haber intentado burlarse de ella.

Chencha se aprovechó de este pretexto para irse a pasar unos días a su pueblo. Necesitaba olvidarse del asunto de la violación y de la existencia de Mamá Elena. Tita trató de convencerla de que no le hiciera caso a su mamá.

Tenía muchos años de conocerla y ya sabía muy bien cómo manejarla.

—¡Sí niña, pero 'orita pa' que quiero más agrura, si con el mole tengo! Déjame ir, no seas ingrata.

Tita la abrazó y la consoló como lo había hecho todas las noches desde su regreso. No veía la manera de sacar a Chencha de su depresión y de la creencia de que ya nadie se casaría con ella después del violento ataque que sufrió por parte de los bandoleros.

—Ya ves cómo son los hombres. Toditos dicen que plato de segunda mesa ni en otra vida, ¡menos en ésta!

Al ver su desesperación. Tita decidió dejarla ir. Por experiencia sabía que si permanecía en el rancho y cerca de su madre no tendría salvación. Sólo la distancia podría hacerla sanar. Al otro día la mandó con Nicolás a su pueblo.

Tita entonces se vio en la necesidad de contratar una cocinera. Pero ésta se fue de la casa a los tres días de haber llegado. No soportó las exigencias ni los malos modos de Mamá Elena. Entonces buscaron a otra, que sólo duró dos días y a otra y a otra hasta que no quedó ninguna en el pueblo que quisiera trabajar en la casa. La que más duró fue una muchacha sordomuda: aguantó 15 días, pero se fue porque Mamá Elena le había dicho a señas que era una mensa.

Entonces a Mamá Elena no le quedó otra que comer lo que Tita cocinaba, pero lo hacía con las debidas precauciones. Aparte de exigir que Tita probara la comida antes que ella, siempre pedía que le llevara un vaso de leche tibia con cada comida y se lo tomaba antes de ingerir los alimentos, para contrarrestar los efectos del amargo veneno, que según ella, percibía disuelto en la comida. Algunas veces sólo esta medida era suficiente, pero en ocasiones sentía vivos dolores en el vientre, entonces se tomaba, además, un trago de vino de hipecacuana y otro de cebolla de albarrana como vomitivo. No fue por mucho tiempo. Al mes murió Mamá Elena presa de unos dolores espantosos acompañados de espasmos y convulsiones intensas. En un principio, Tita y John no se explicaban esta extraña muerte, pues aparte de la paraplegia Mamá Elena clínicamente no tenía ninguna otra enfermedad. Pero al revisar su buró encontraron el frasco de vino de hipecacuana y dedujeron que de seguro Mamá Elena lo había estado tomando a escondidas. John le hizo saber a Tita que este vomitivo es tan fuerte que puede provocar la muerte.

Tita no podía quitarle la vista al rostro de su madre durante el velorio. Hasta ahora, después de muerta, la veía por primera vez y la empezaba a comprender. Quien la viera podría fácilmente confundir esa mirada de reconocimiento con una mirada de dolor, pero Tita no sentía dolor alguno. Hasta ahora comprendía el significado de la frase de «fresca como una lechuga», así de extraña y lejana se debería sentir una lechuga ante su repentina separación de otra lechuga con la que hubiera crecido. Sería ilógico esperar que sufriera por la separación de esa lechuga con la que nunca había podido hablar ni establecer ningún tipo de comunicación y de la que sólo conocía las hojas exteriores, ignorando que en su interior habían muchas otras escondidas.

No podía imaginar a esa boca con rictus amargo besando con pasión, ni esas mejillas ahora amarillentas, sonrosadas por el calor de una noche de amor. Y sin embargo así había sido alguna vez. Y Tita lo había descubierto hasta ahora, demasiado tarde y de una manera meramente circunstancial. Cuando Tita la estaba vistiendo, para el velorio, le quitó de la cintura el enorme llavero que como una cadena la había acompañado desde que ella recordaba. En la casa todo estaba bajo llave y bajo estricto control. Nadie podía sacar ni una taza de azucar de la despensa sin la autorización de Mamá Elena. Tita conocía las llaves de todas las puertas y escondrijos. Pero además del enorme llavero, tenía colgado al cuello un pequeño dije en forma de corazón y dentro de él había una pequeña llave que le llamó la atención.

De inmediato relacionó la llave con la cerradura indicada. De niña, un día jugando a las escondidillas se había metido en el ropero de Mamá Elena. Entre las sábanas había descubierto un pequeño cofre. Mientras Tita esperaba que la fueran a buscar trató inútilmente de abrirlo, pues estaba bajo llave. Mamá Elena a pesar de no estar jugando a las escondidas fue quien la encontró al abrir el ropero. Había ido por una sábana o algo así y la cogió con las manos en la masa. La castigó en el granero y la pena consistió en desgranar 100 elotes. Tita sintió que la falta no ameritaba el castigo tan grande, esconderse con zapatos entre las sábanas limpias no era para tanto. Hasta ahora, muerta su madre, mientras leía las cartas que contenía el cofre, se daba cuenta de que no había sido castigada por eso, sino por haber intentado ver el contenido del cofre, y que el castigo sí era para tanto.

Tita abrió el cofre con morbosa curiosidad. Contenía un paquete de cartas de un tal José Treviño y un diario. Las cartas estaban dirigidas a Mamá Elena. Tita las ordenó por fechas y se enteró de la verdadera historia de amor de su madre. José había sido el amor de su vida. No le habían permitido casarse con él pues tenía en sus venas sangre negra. Una colonia de negros, huyendo de la guerra civil en U.S.A. y del peligro que corrían de ser linchados, había llegado a instalarse cerca del pueblo. José era el producto de los amores ilícitos entre José Treviño padre y una guapa negra. Cuando los padres de Mamá Elena habían descubierto el amor que existía entre su hija y este mulato, horrorizados la obligaron inmediatamente a casarse con Juan De la Garza, su padre.

Esta acción no logró impedir que aun estando casada siquiera manteniendo correspondencia secreta con José, y tal parecía que no se habían conformado solamente con este tipo de comunicación, pues según estas cartas, Gertrudis era hija de José y no de su padre.

Mamá Elena había intentado huir con José al enterarse de este embarazo, pero la noche en que lo esperaba escondida, tras los oscuros del balcón presenció cómo un hombre desconocido, sin motivo aparente, protegiéndose entre las sombras de la noche atacaba a José eliminándolo de este mundo. Después de grandes sufrimientos Mamá Elena se resignó entonces a vivir al lado de su legítimo marido. Juan De la Garza por muchos años ignoró toda esta historia, pero se enteró de ella precisamente cuando Tita nació. Había ido a la cantina a festejar con unos amigos el nacimiento de su nueva hija y ahí alguna lengua venenosa le había soltado la información. La terrible noticia le provocó un infarto. Eso era todo.

Tita se sentía culpable de haber participado de este secreto. No sabía qué hacer con estas cartas. Pensó en quemarlas pero ella no era quién para hacerlo; si su madre no se había atrevido, ella menos. Guardó todo tal y como lo había encontrado y lo puso en su lugar.

Durante el entierro Tita realmente lloró por su madre. Pero no por la mujer castrante que la había reprimido toda la vida, sino por ese ser que había vivido un amor frustrado. Y juró ante su tumba que ella nunca renunciaría al amor, pasara lo que pasara. En esos momentos estaba convencida de que su verdadero amor era John. El hombre que estaba a su lado apoyándola incondicionalmente. Pero en cuanto vio que se acercaba un grupo de gentes al panteón y distinguió a lo lejos la silueta de Pedro acompañado de Rosaura ya no estuvo tan segura de sus sentimientos.

Rosaura, luciendo una gran panza de embarazada, caminaba lentamente. En cuanto vio a Tita se le acercó y la abrazó llorando desconsolada-mente. Le seguía en turno Pedro. En cuanto Pedro la abrazó su cuerpo vibró como una gelatina. Tita bendijo a su madre por darle el pretexto de poder volver a ver y abrazar a Pedro. Inmediatamente después, se retiró bruscamente. Pedro no se merecía el que lo quisiera tanto. Había mos-trado debilidad al irse lejos de ella y eso no se lo perdonaba.

John tomó a Tita de la mano durante el regreso al rancho, y Tita a su vez, lo tomó del brazo enfatizando que entre ellos había algo más que amistad. Quería provocarle a Pedro los mismos dolores que ella siempre había sentido al verlo al lado de su hermana.

Pedro los observó con los ojos entrecerrados. No le gustaba nada la familiaridad con la que John se acercaba y con la que Tita le hablaba al oído. ¿Qué era lo que estaba pasando? Tita le pertenecía y no iba a per-mitir que se la quitaran. Muchos menos ahora que había desaparecido el mayor impedimento para su unión: Mamá Elena.

Continuará...

Siguiente receta:

Champandongo

Capítulo VIII
Agosto
CHAMPANDONGO

INGREDIENTES:

1/4 de carne molida de res
1/4 de carne molida de puerco
200 gramos de nueces
200 gramos de almendras
1 cebolla
1 acitrón
2 jitomates
  azúcar

1/4 de crema
1/4 de queso manchego
1/4 de mole
  comino
  caldo de pollo
  tortillas de maíz
  aceite

Manera de hacerse:

La cebolla se pica finamente y se pone a freír junto con la carne en un poco de aceite. Mientras se fríe, se le agrega el comino molido y una cucharada de azúcar.

Como de costumbre, Tita lloraba mientras picaba la cebolla. Tenía la vista tan nublada que sin darse cuenta se cortó un dedo con el cuchillo. Lanzó un grito de rabia y prosiguió como si nada con la preparación del champandongo. En estos momentos no se podía dar ni siquiera un segundo para atenderse la herida. Hoy por la noche vendría John a pedir su mano y tenía que prepararle una buena cena en tan solo media hora. A Tita no le gustaba cocinar con premura.

Siempre le daba a los alimentos el tiempo adecuado y preciso para su cocimiento y procuraba organizar sus actividades de tal manera que le dieran la tranquilidad que se necesita en la cocina para poder preparar platillos suculentos y en su punto exacto. Ahora estaba tan atrasada que sus movimientos eran agitados y apremiantes y por lo tanto propensos a provocar este tipo de accidentes.

El principal motivo de su atraso era su adorable sobrina, que había nacido tres meses antes, al igual que Tita, de una manera prematura. A Rosaura le afectó tanto la muerte de su madre que anticipó el alumbramiento de su hija y quedó imposibilitada para amamantarla. En esta ocasión Tita no pudo o no quiso adoptar el papel de nodriza, como en el caso de su sobrino, es más, ni siquiera lo intentó, tal vez por la experiencia demoledora que tuvo cuando la separaron del niño. Ahora sabía que no había que establecer relaciones tan intensas con niños que no eran propios.

Prefirió en cambio proporcionarle a Esperanza la misma alimentación que Nacha había utilizado con ella cuando era una indefensa criatura: atoles y tés.

La bautizaron con el nombre de Esperanza a petición de Tita. Pedro había insistido en que la niña llevara el mismo nombre de Tita, Josefita. Pero ella se negó terminantemente. No quería que el nombre influyera en el destino de la niña. Bastante tenía ya con el hecho de que al haber nacido, su madre tuviera una serie de alteraciones que obligaron a John a practicarle una operación de urgencia para salvarle la vida, y quedara imposibilitada para volverse a embarazar.

John le había explicado a Tita que algunas veces, por causas anormales, la placenta no sólo se implanta en el útero, sino que echa raíces dentro del mismo, por tanto, al momento en que el niño nace la placenta no puede desprenderse. Está tan firmemente afianzada que si una persona inexperta trata de ayudar a la madre y jala la placenta utilizando el cordón umbilical, se trae junto con ella al útero completo. Entonces hay que operar de emergencia, extrayendo el útero y dejando a esta persona incapacitada para embarazarse por el resto de su vida.

Rosaura fue intervenida quirúrgicamente, no por falta de experiencia de John, sino porque no había de otra para poder desprenderle la placenta. Por tanto Esperanza sería su única hija, la más pequeña y, para acabarla de amolar, ¡mujer! Lo cual, dentro de la tradición familiar significaba que era la indicada para cuidar a su madre hasta el fin de sus días. Tal vez Esperanza echó raíces en el viente de su madre porque sabía de antemano lo que le esperaba en este mundo. Tita rezaba para que por la mente de Rosaura no se cruzara la idea de perpetuar la cruel tradición.

Para ayudar a que así fuera, no quiso darle ideas con el nombre y presionó día y noche hasta lograr que la llamaran Esperanza.

Sin embargo había una serie de coincidencias que asociaban a esta niña con un destino parecido al de Tita, por ejemplo, por mera necesidad pasaba la mayor parte del día en la cocina, pues su madre no la podía atender y su tía sólo le podía procurar esmero dentro de la cocina, así que con tés y atoles crecía de lo más sana entre los olores y los sabores de este paradisíaco y cálido lugar.

A la que no le caía muy bien que digamos esta costumbre era a Rosaura, sentía que Tita le quitaba a la niña por demasiado tiempo de su lado y en cuanto se recuperó por completo de la operación pidió que inmediatamente después de que Esperanza tomara sus alimentos la regresaran a su cuarto para dormirla junto a su cama, donde era su lugar. Esta disposición llegó demasiado tarde, pues la niña para ese entoces ya se había acostumbrado a estar en la cocina y no fue tan fácil sacarla de ella. Lloraba muchísimo en cuanto sentía que se alejaba del calor de la estufa, al grado que lo que Tita tenía que hacer era llevarse a la recámara el guisado que estuviera cocinando, para así lograr engañar a la niña, que al oler y sentir de cerca el calor de la olla en la que Tita cocinaba conciliaba el sueño. Tita regresaba entonces la enorme olla a la cocina y proseguía con la elaboración de la comida.

Pero el día de hoy la niña se había lucido, es muy probable que presintiera que su tía pensaba casarse e irse del rancho, y que entonces ella iba a quedar a la deriva, pues no dejó de llorar en todo el día. Tita subía y bajaba las escaleras llevando ollas con comida de un lado a otro. Hasta que pasó lo que tenía que pasar: *tanto va el cántaro al agua hasta que se rompe*. Cuando bajaba por octava ocasión tropezó y la olla con el mole para el champandongo rodó escaleras abajo. Junto con ella se desperdigaron cuatro horas de intenso trabajo picando y moliendo ingredientes.

Tita se sentó en un escalón con la cabeza entre las manos para tomar aire. Se había levantado desde las cinco de la mañana para que las carreras no se apoderaran de ella y todo había sido en vano. Ahora tenía que preparar nuevamente el mole.

Pedro no podía haber elegido peor momento para hablar con Tita, pero aprovechado que la encontró en las escaleras, aparentemente tomando un descanso, se le acercó con la intención de convencerla de que no se casara con John.

—Tita, quisiera decirle que considero un lamentable error de su parte la idea que tiene de casarse con John. Aún está a tiempo de no cometer esa equivocación, ¡no acepte ese matrimonio por favor!

—Pedro, usted no es nadie para decirme lo que tengo que hacer, o no. Cuando usted se casó yo no le pedí que no lo hiciera, a pesar de que esa boda me destrozó. Usted hizo su vida, ¡ahora déjeme hacer la mía en paz!

—Precisamente por esa decisión que tomé y de la cual estoy completamente arrepentido, le pido que recapacite. Usted sabe muy bien cuál fue el motivo que me unió a su hermana, pero resultó un acto inútil que no funcionó, ahora pienso que lo mejor hubiera sido huir con usted.

—Pues lo piensa demasiado tarde. Ahora ya no hay remedio. Y le suplico que nunca más en la vida me vuelva a molestar, ni se atreva a repetir lo que me acaba de decir, mi hermana lo podría escuchar y no tiene por qué haber otra persona infeliz en esta casa. ¡Con permiso!... Ah, Y le sugiero que para la próxima vez que se enamore, ¡no sea tan cobarde!

Tita, tomando la olla con furia se encaminó hacia la cocina. Terminó el mole entre masculleos y aventones de trastes y mientras éste se cocía siguió con la preparación del champandongo.

Cuando la carne se empieza a dorar, se le agregan el jitomate picado junto con el acitrón, las nueces y las almendras partidas en trozos pequeños.

El calor del vapor de la olla se confundía con el que se desprendía del cuerpo de Tita. El enojo que sentía por dentro actuaba como la levadura con la masa del pan. Lo sentía crecer atropelladamente, inundando hasta el último resquicio que su cuerpo podía contener y como levadura en un traste diminuto, se desbordaba hacia el exterior, saliendo en forma de vapor por los oídos, la nariz y todos los poros de su cuerpo.

Este desmesurado enojo era causado en una mínima parte por la discusión con Pedro, en otra parte por los incidentes y el trabajo de la cocina y en una gran parte por las palabras que Rosaura había pronunciado unos días antes. Estaban reunidos en la recámara de su hermana, Tita, John y Alex. John había llevado a su hijo a la vista médica, pues el niño extrañaba mucho la presencia de Tita en su casa y la quería ver nuevamente. El niño se asomó a la cuna para conocer a Esperanza y quedó muy impresionado con la belleza de la niña. Y como todos los niños de esa edad que no se andan con tapujos, dijo en voz alta:

—Oye, papi, yo quiero casarme también, así como tú. Pero yo con esta niñita.

Todos rieron por la graciosa ocurrencia pero cuando Rosaura le explicó a Alex que eso no podía ser pues esa niñita estaba destinada a cuidarla hasta el día de su muerte, Tita sintió que los cabellos se le erizaban. Sólo a Rosaura se le podía ocurrir semejante horror, perpetuar una tradición por demás inhumana.

¡Ojala que a Rosaura la boca se le hiciera chicharrón! Y que nunca hubiera dejado escapar esas repugnantes, malolientes, incoherentes, pestilentes, indecentes y repelentes palabras. Más valía que se las hubiera tragado y guardado en el fondo de sus entrañas hasta que se le pudrieran y agusanaran. Y ójala que ella viviera lo suficiente como para impedir que su hermana llevara a cabo tan nefastas intenciones.

En fin, no sabía por qué tenía que pensar en esas cosas tan desagradables en estos momentos que deberían ser para ella los más felices de su vida, ni sabía por qué estaba tan molesta. Tal vez Pedro la había contagiado de su mal humor. Desde que regresaron al rancho y se enteró que Tita se pensaba casar con John andaba de un humor de los mil demonios. Ni siquiera se le podía dirigir la palabra. Procuraba salirse muy temprano y recorrer el rancho a galope en su caballo. Regresaba por la noche justo a tiempo para la cena y se encerraba en su recámara inmediatamente después.

Nadie se explicaba este comportamiento, algunos creían que era porque le había afectado profundamente la idea de no volver a tener más hijos. Por lo que fuera, pero tal parecía que la ira dominaba los pensamientos y las acciones de todos en la casa. Tita literalmente estaba «como agua para chocolate». Se sentía de lo más irritable. Hasta el canturreo tan querido de las palomas, que ya se habían reinstalado en el techo de la casa y que el día de su regreso le había proporcionado tanto placer, en este momento la molestaba. Sentía que la cabeza le iba a estallar como roseta de maíz. Tratando de impedirlo se la apretó fuertemente con las dos manos. Un tímido golpe que sintió en el hombro la hizo reaccionar sobresaltada, con ganas de golpear a quien fuera el que lo hizo, que de seguro venía a quitarle más el tiempo. Pero cuál no sería su sorpresa al ver a Chencha frente a ella. La misma Chencha de siempre, sonriente y feliz. Nunca en la vida le había dado tanto gusto verla, ni siquiera cuando la había visitado en casa de John. Como siempre Chencha llegaba caída del cielo, en el momento en que Tita más lo necesitaba.

Era asombroso observar lo repuesta que se encontraba Chencha, después de haberla visto irse en el estado de angustia y desesperación en que lo hizo.

Ni rastro quedaba del trauma que había sufrido. El hombre que había logrado borrarlo estaba a su lado, luciendo una sincera y amplia sonrisa. A leguas se veía que se trataba de un hombre honrado y callado, bueno, eso quién sabe, porque lo que pasaba era que Chencha no le permitió abrir la boca más que para decirle a Tita: «Jesús Martínez para servirle a usted».

Después Chencha, como siempre, acaparó por completo la plática y rompiendo récord de velocidad, en sólo dos minutos logró poner a Tita al día en los acontecimientos de su vida:

Jesús había sido su primer novio y nunca la había olvidado. Los papás de Chencha se habían opuesto terminantemente a esos amores y de no haber sido porque Chencha regresó a su pueblo y él la volvió a ver nunca hubiera sabido dónde buscarla. Por supuesto no le importó que Chencha no fuera virgen y se casó inmediatamente con ella. Regresaban juntos al rancho con la idea de empezar una nueva vida ahora que Mamá Elena había muerto, y pensaban tener muchos hijos y ser muy felices por los siglos de los siglos...

Chencha se detuvo para tomar aire pues se estaba poniendo morada y Tita aprovechó la interrupción para decirle, no tan rápido como ella, pero casi, que estaba encantada de su regreso al rancho, que mañana hablarían de la contratación de Jesús, que hoy venían a pedir su mano, que pronto se casaría, que aún no terminaba la cena y le pidió que ella la hiciera para poderse dar un calmante baño de agua helada y de esta manera estar presentable cuando John llegara, que sería de un momento a otro.

Chencha prácticamente la echó de la cocina y de inmediato tomó el mando. El champandongo lo podía hacer, según ella, con los ojos tapados y las manos amarradas.

Cuando la carne ya está cocida y seca, lo que procede es freír las tortillas en aceite, no mucho para que no se endurezcan. Después, en el traste que vamos a meter al horno se pone primero una capa de crema para que no se pegue el platillo, encima una capa de tortillas, sobre ellas una capa de picadillo y por último el mole, cubriéndolo con el queso en rebanadas, y la crema. Se repite esta operación cuantas veces sea necesario hasta rellenar el molde. Se mete al horno y se saca cuando el queso ya se derritió y las tortillas se ablandaron. Se sirve acompañado de arroz y frijoles.

Qué tranquilidad le daba a Tita saber que Chencha estaba en la cocina. Ahora sólo se tenía que preocupar por su arreglo personal. Cruzó el patio como ráfaga de viento y se metió a bañar. Contaba con tan solo 10 minutos, para bañarse, vestirse, perfumarse y peinarse adecuadamente. Tenía tal apuro que ni siquiera vio a Pedro, en el otro extremo del patio trasero, pateando piedras.

Tita se despojó de sus ropas, se metió a la regadera y dejó que el agua fría cayera sobre su cabeza. ¡Qué alivio sentía! Con los ojos cerrados las sensaciones se agudizan, podía percibir cada gota de agua fría recorriéndole el cuerpo. Sentía los pezones de sus senos ponerse duros como piedras al contacto con el agua. Otro hilo de agua bajaba por su espalda y después caía como cascada en la curva de sus redondos y protuberantes glúteos, recorriendo sus firmes piernas hasta los pies. Poco a poco se le fue pasando el mal humor, y el dolor de cabeza desapareció. De pronto empezó a sentir que el agua se entibiaba y se ponía cada vez más caliente hasta empezar a quemarle la piel. Esto pasaba algunas veces en época de calor cuando el agua del tinaco había sido calentada todo el día por los poderosos rayos del sol, pero no ahora que en primera no era verano y en segunda empezaba a anochecer. Alarmada abrió sus ojos, temerosa de que nuevamente se fuera a incendiar el cuarto de baño y lo que descubrió fue la figura de Pedro del otro lado de los tablones, observándola detenidamente.

Los ojos de Pedro brillaban de una manera que era imposible no descubrirlos en la penumbra, así como dos insignificantes gotas de rocío no podían pasar inadvertidas, escondidas entre la maleza, al recibir los primeros rayos del sol. ¡Maldita mirada de Pedro! ¡Y maldito carpintero que había reconstruido el cuarto de baño exactamente igual al anterior o sea con separaciones entre uno y otro tablón! Cuando vio que Pedro se acercaba a ella, con libidinosas intenciones en los ojos, salió corriendo del cuarto vistiéndose atropelladamente. Con gran apuro llegó a su recámara y se encerró.

Apenas le dio tiempo de terminar con su arreglo, cuando Chencha le fue a anunciar que John acababa de llegar y la esperaba en la sala.

No pudo acudir de inmediato a recibirlos, pues aún le faltaba poner la mesa. Antes de poner el mantel hay que cubrir la mesa con un tapete, para evitar el ruido que hacen las copas y vajilla al chocar contra la misma. Tiene que ser bayeta blanca para así realzar la blancura del mantel. Tita lo deslizaba suavemente sobre la enorme mesa para veinte personas, que sólo usaban en ocasiones como ésta. Trataba de no hacer ruido, ni siquiera al respirar para escuchar el contenido de la plática que sostenían en la sala Rosaura, Pedro y John. La sala y el comedor estaban separados por un largo pasillo, así que sólo llegaba a los oídos de Tita el murmullo de las varoniles voces de Pedro y John, sin embargo alcanzaba a percibir en ellas cierto tono de discusión. Antes de esperar que las cosas llegaran a mayores, colocó rápidamente en el orden debido los platos, los cubiertos de plata, las copas, los saleros y los portacuchillos. Enseguida puso las bujías bajo los calentadores para los platos principales, entrada e intermedio y los dejó listos sobre el aparador. Corrió a la cocina por el vino de Burdeos que había dejado en baño María. Los vinos de Burdeos se sacan de la bodega con varias horas de anticipación y se ponen en un lugar caliente para que un suave calor desarrolle su aroma, pero como a Tita se le había olvidado sacarlo a tiempo forzó el procedimiento aritificialmente. Lo único que le faltaba era poner en el centro de la mesa una canastilla de bronce dorado con las flores, pero como éstas se deben colocar unos momentos antes de pasar a la mesa para que conserven su frecura natural, encargó a Chencha este trabajo, y apresuradamente, tanto como su almidonado vestido se lo permitía, se dirigió a la sala.

La primera escena que presenció al abrir la puerta fue la acalorada discusión entre Pedro y John sobre la situación política del país. Parecía que los dos habían olvidado las más elementales reglas de urbanidad, que dicen que en una reunión social no hay que sacar a colación cuestiones sobre personalidades, sobre temas tristes o hechos infortunados, sobre religión o sobre política. La entrada de Tita suspendió la discusión y los forzó a tratar de reiniciar la plática en un tono más amigable.

En un ambiente tenso, John dio paso a la petición de mano. Pedro, como el hombre de la casa, dio su aprobación de una manera hosca. Y se empezaron a establecer los detalles de la misma. Cuando trataban de fijar la fecha de boda, Tita se enteró de los deseos de John de posponerla un poco para así poder viajar al norte de Estados Unidos a traer a la única tía que le quedaba y que quería estuviera presente en la ceremonia. Esto representaba un grave problema para Tita: ella deseaba irse lo más pronto posible del rancho y de la cercanía de Pedro.

El compromiso quedó formalizado cuando John le hizo entrega a Tita de un hermoso anillo de brillantes. Tita observó largamente cómo lucía en su mano. Los destellos que se desprendían de él, la hicieron recordar el fulgor en los ojos de Pedro momentos antes, cuando la miraba desnuda, y vino a su mente un poema otomí que Nacha le había enseñado de niña:

«En la gota de rocío brilla el sol
la gota de rocío se seca
en mis ojos, los míos, brillas tú
yo, yo vivo...»

Rosaura se enterneció al ver en los ojos de su hermana lágrimas que ella interpretó como de felicidad y se sintió un poco aliviada de la culpa que algunas veces la atormentaba por haberse casado con el novio de Tita. Entonces, muy entusiasmada, les repartió a todos copas con champaña y los invitó a brindar por la felicidad de los novios. Al hacerlo, los cuatro reunidos en el centro de la sala, Pedro golpeó su copa con la de los demás con tal fuerza que la rompió en mil pedazos y el líquido de las otras los salpicó en el rostro y la ropa.

Entre el desconcierto reinante fue una bendición que en ese momento Chencha apareciera y pronunciara las mágicas palabras de: «la cena está servida». Este anuncio les proporcionó a los presentes la serenidad y el espíritu que el momento ameritaba y que estuvieron a punto de perder. Cuando se habla de comer, hecho por demás importante, sólo los necios o los enfermos no le dan el interés que merece. Y como éste no era el caso, mostrando buen humor todos se dirigieron al comedor.

Durante la cena todo fue más fácil, gracias a las graciosas intervenciones de Chencha mientras servía. La comida no fue tan deleitosa como en otras ocasiones, tal vez porque el mal humor acompañó a Tita mientras la preparaba, pero no se podía decir tampoco que estuviera desagradable. El champandongo es un platillo de un sabor tan refinado que ningún mal temperamento puede ponerse a su altura y alterarle el gusto. Al terminar, Tita acompañó a John a la puerta y ahí se dieron un largo beso como despedida. Al día siguiente John pensaba salir de viaje, para estar de vuelta lo más pronto posible.

De regreso en la cocina, Tita mandó a Chencha a limpiar la habitación y el colchón donde desde ahora viviría con Jesús su esposo, no sin antes agradecerle su gran ayuda. Era necesario que antes de meterse en la cama se cercioraran que no se iban a encontrar con la indeseable presencia de chinches en el cuarto. La última sirvienta que durmió ahí la había dejado infestada de estos animalejos y Tita no lo había podido desinfectar por el intenso trabajo que se le había venido encima con el nacimiento de la niña de Rosaura.

El mejor método para erradicarlas es mezclar un vaso de espíritu de vino, media onza de esencia de trementina y media de alcanfor en polvo. Esta preparación se unta en los sitios donde hay chinches y las hace desaparecer por completo.

Tita, después de recoger la cocina, empezó a guardar trastes y ollas en su lugar. Aún no tenía sueño y mejor aprovechaba el tiempo en eso que dando vueltas en la cama. Experimentaba una serie de sentimientos encontrados y la mejor manera de ordenarlos dentro de su cabeza era poniendo primero en orden la cocina. Tomó una gran cazuela de barro y la llevó a guardar al ahora cuarto de los triques, antes cuarto obscuro. A la muerte de Mamá Elena vieron que ya nadie lo pensaba utilizar como lugar para bañarse, pues todos preferían hacerlo en la regadera y tratando de darle alguna utilidad lo convirtieron en el cuarto de los trebejos.

En una mano llevaba la cazuela y en la otra un quinqué. Entró al cuarto cuidando de no tropezar con la gran cantidad de objetos que estaban en el camino del sitio donde se guardaban las ollas de cocina que no se utilizaban frecuentemente. La luz del quinqué le ayudaba bastante, pero no lo suficiente como para alumbrarle las espaldas por donde silenciosamente se deslizó una sombra y cerró la puerta del cuarto.

Al sentir una presencia extraña, Tita giró sobre sí misma y la luz delineó claramente la figura de Pedro poniendo una tranca en la puerta.

—¡Pedro! ¿Qué hace aquí?

Pedro, sin responderle, se acercó a ella, apagó la luz del quinqué, la jaló hacia donde estaba la cama de latón que alguna vez perteneció a Gertrudis su hermana y tirándola sobre ella, la hizo perder su virginidad y conocer el verdadero amor.

Rosaura, en su recámara, trataba de dormir a su hija que lloraba desenfrenadamente. La paseaba por todo el cuarto, sin ningún resultado. Al cruzar por la ventana vio salir del cuarto obscuro un resplandor extraño. Volutas fosforescentes se elevaban hacia el cielo como delicadas luces de bengala. Por más gritos de alarma que dio llamando a Tita y a Pedro para que lo observaran, no tuvo respuesta más que de Chencha, que había ido a buscar un juego de sábanas. Al presenciar el singular fenómeno, Chencha por primera vez en su vida enmudeció de sorpresa, ni un solo sonido escapaba de sus labios. Hasta Esperanza, que no perdía detalle, dejó de llorar. Chencha se arrodilló y presignándose se puso a orar.

—¡Virgen Santísima que'stás en los cielos, recoge el alma de mi siñora Elena pa'que deje de vagar en las tiñeblas del pulgatorio!

—¿Qué dices Chencha, de qué hablas?

—¡Pos de qué'a de ser, no ve que se trata del fantasma de la dijunta! ¡La probe algo'a de andar pagando! ¡Yo por si las dudas ni de chiste me guelgo a'cercar por a'i!

—Ni yo.

¡Si la pobre Mamá Elena supiera que aun después de muerta su presencia seguía causando temor y que ese miedo a encontrarse con ella les proporcionaba a Tita y a Pedro la oportunidad ideal para profanar impunemente su lugar preferido, al revolcarse voluptuosamente sobre la cama de Gertrudis, se volvería a morir cien veces!

Continuará...

Siguiente receta:

Chocolate y Rosca de Reyes

Capítulo IX
Septiembre
CHOCOLATE Y ROSCA DE REYES

INGREDIENTES CHOCOLATE:

2 libras Cacao Soconusco
2 libras Cacao Maracaibo
2 libras Cacao Caracas
Azúcar entre 4 y 6 libras según el gusto

Manera de hacerse:

La primera operación es tostar el cacao. Para hacerlo es conveniente utilizar una charola de hojalata en vez del comal, pues el aceite que se desprende de los granos se pierde entre los poros del comal. Es importantísimo poner cuidado en este tipo de indicaciones, pues la bondad del chocolate depende de tres cosas, a saber: de que el cacao que se emplee esté sano y no averiado, de que se mezclen en su fabricación distintas clases de cacao y, por último, de su grado de tueste.

El grado de tueste aconsejable es el del momento en que el cacao comienza a despedir su aceite. Si se retira antes, aparte de presentar un aspecto descolorido y desagradable, lo hará indigesto. Por el contrario, si se deja más tiempo sobre el fuego, el grano quedará quemado en gran parte y contaminará de acrimonia y aspereza al chocolate.

Tita extrajo sólo media cucharadita de este aceite para mezclarlo con aceite de almendras dulces y preparar una excelente pomada para los labios. En invierno se le partían invariablemente, tomara las precauciones que tomara. Cuando era niña esto le causaba gran malestar, pues cada vez que se reía, se le abrían sus carnosos labios y le sangraban produciéndole un intenso dolor. Con el tiempo lo fue tomando con resignación. Y como ahora no tenía muchas razones que digamos para reír, no le preocupaba en lo más mínimo. Podía esperar tranquilamente hasta la llegada de la primavera para que desaparecieran las grietas. El único interés que la movía a preparar la pomada era que por la noche vendrían a la casa algunos invitados a partir la rosca de Reyes.

Por vanidad, no porque pensara reírse mucho, quería tener los labios suaves y brillantes durante la velada. La sospecha de estar embarazada no la hacía sentirse como para tener la risa a flor de labio. Nunca pensó en esta posibilidad al consumar su amor con Pedro. Aún no se lo comunicaba a él. Esta noche pensaba hacerlo, pero no sabía cómo. Qué actitud tomaría Pedro y cuál sería la solución a este gran problema, lo ignoraba por completo.

Prefería tratar de no atormentarse más y procurar desviar los pensamientos de su mente hacia cosas más triviales como la preparación de una buena pomada. Para esto no hay como la crema de cacao. Pero antes de ponerse a elaborarla era necesario que dejara listo el chocolate.

Cuando el cacao ya está tostado como se indicó, se limpia utilizando un cedazo para separar la cáscara del grano. Debajo del metate donde se ha de moler, se pone un cajete con buena lumbre y cuando ya está caliente el metate, se procede a moler el grano. Se mezcla entonces con el azúcar, machacándolo con un mazo y moliendo las dos cosas juntas. En seguida se divide la masa en trozos. Con las manos se moldean las tablillas, redondas o alargadas, según el gusto, y se ponen a orear. Con la punta de un cuchillo se le pueden señalar las divisiones que se deseen. Mientras Tita daba forma a las tablillas, añoró con tristeza los días de Reyes de su infancia, en los que no tenía problemas tan serios. Su mayor preocupación en esa época era que los Santos Reyes nunca le traían lo que ella pedía, sino lo que Mamá Elena pensaba que sería lo más adecuado para ella. Hasta hacía algunos años se había enterado de que la causa por la que en una sola ocasión sí recibió el regalo esperado fue porque Nacha se pasó algún tiempo ahorrando de su salario para comprarle un «cinito» que había visto en el aparador de una tienda. Le llamaban cinito, por ser un aparato que proyectaba imágenes en la pared utilizando un quinqué de petróleo como fuente de luz, dando un efecto parecido al del cine, pero su nombre verdadero era el de «zootropo». Qué enorme felicidad le proporcionó verlo junto a su zapato, al despertarse por la mañana. Cuántas tardes gozaron ella y sus hermanas viendo las imágenes en secuencia que venían dibujadas en tiras de cristal, y que representaban diferentes situaciones de lo más divertidas. Qué lejos le parecían ahora esos días de felicidad, cuando Nacha estaba a su lado. ¡Nacha! Extrañaba su olor a sopa de fideo, a chilaquiles, a champurrado, a salsa de molcajete, a pan con natas, a tiempos pasados. ¡Por siempre serían insuperables su sazón, sus atoles, sus tés, su risa, sus chiqueadores en las sienes, su manera de trenzarle el pelo, de arroparla por las noches, de cuidarla en sus enfermedades, de cocinarle sus antojos, de batir el chocolate! ¡Si pudiera volver un solo momento a aquella época para traerse de regreso un poco de la alegría de esos instantes y poder preparar la rosca de Reyes con el mismo entusiasmo que entonces! Si pudiera comerla más tarde con sus hermanas como en los viejos tiempos, entre chanzas y bromas, cuando aún no tenían que disputarse Rosaura y ella el amor de un hombre, como cuando ella aún ignoraba que le estaba negado el matrimonio en esta vida, como cuando Gertrudis no sabía que huiría de la casa y trabajaría en un burdel, como cuando al sacarse el muñeco de la rosca se tenía la esperanza de que lo que se deseara se cumpliría milagrosamente al pie de la letra. La vida le había enseñado que la cosa no eran tan fácil, que son pocos los que pasándose de listos logran realizar sus deseos a costa de lo que sea, y que obtener el derecho de determinar su propia vida le iba a costar más trabajo del que se imaginaba. Esta lucha la tendría que dar sola, y esto le pesaba. ¡Si al menos estuviera a su lado Gertrudis su hermana! Pero parecía más probable que un muerto volviera a la vida a que Gertrudis regresara a la casa.

Nunca habían vuelto a recibir noticias de ella, desde que Nicolás la había hecho entrega de su ropa, en el burdel donde había ido a caer. En fin, dejando orear, al lado de sus recuerdos las tablillas de chocolate que acababa de terminar, se dispuso a preparar la rosca de Reyes.

INGREDIENTES:

30 grms. de levadura fresca
1 kilo y 1/4 de harina
8 huevos
1 cucharada de sal
2 cucharadas de agua de azahar
1 y 1/2 tazas de leche
300 grms. de azúcar

300 grms. de mantequilla
250 grms. de frutas cubiertas
1 muñeco de porcelana

Manera de hacerse:

Con las manos, o utilizando un tenedor se desbarata la levadura en 1/4 de kilo de harina, agregándole poco a poco 1/2 taza de leche tibia. Cuando están bien incorporados los ingredientes se amasan un poco y se dejan reposar en forma de bola, hasta que la masa crezca el doble de su tamaño.

Justo cuando Tita ponía la masa a reposar, Rosaura hizo su aparición en la cocina. Venía a pedirle su ayuda para poder llevar a cabo la dieta que John le había recetado. Desde hacía unas semanas tenía graves problemas digestivos, sufría de flato y mal aliento. Rosaura se sintió tan apenada por estos trastornos que inclusive tuvo que tomar la decisión de que Pedro y ella durmieran en recámaras separadas. De esta manera aminoraba un poco su sufrimiento al poder desalojar ventosidades a su antojo. John le había recomendado abstenerse de alimentos tales como raíces y legumbres y realizar un activo trabajo corporal. Esto último se le dificultaba por su excesiva gordura. No se explicaba por qué desde que regresó nuevamente al rancho había empezado a engordar tanto, pues seguía comiendo lo mismo de siempre. El caso es que le costaba un trabajo enorme poner en movimiento su voluminoso y gelatinoso cuerpo. Todos estos males le estaban acarreando infinidad de problemas, pero el más grave era que Pedro se estaba distanciando de ella cada día más. No lo culpaba: ni ella misma soportaba su pestífero vaho. Ya no podía más.

Era la primera vez que Rosaura se abría de capa con Tita y trataba estos temas con ella. Inclusive le confesó que no se le había acercado antes por los celos que le tenía. Pensaba que entre ella y Pedro había una relación amorosa, latente, escondida bajo las apariencias. Pero ahora que veía lo enamorada que estaba de John, y lo cercano de su matrimonio con él, se había dado cuenta de lo absurdo que era seguir guardando este tipo de recelos. Confiaba en que aún era tiempo para que entre ellas surgiera una buena comunicación. ¡La verdad, la relación Rosaura-Tita hasta ahora había sido como la del agua en aceite hirviendo! Con lágrimas en los ojos le rogó que por favor no le guardara rencor por haberse casado con Pedro.

Y le pidió su consejo para recuperarlo. ¡Como si ella estuviera para darle ese tipo de consejos! Con pena Rosaura le comentó que Pedro tenía muchos meses de no acercársele con intenciones amorosas. Prácticamente la rehuía. Esto no la preocupaba mucho pues Pedro nunca había sido muy dado a los excesos sexuales. Pero últimamente no sólo eso, sino que detectaba en sus actitudes un abierto rechazo a su persona.

Es más, podía precisar exactamente desde cuándo, pues lo recordaba perfectamente. Fue la noche en que el fantasma de Mamá Elena había empezado a aparecer. Ella estaba despierta, esperando que Pedro regresara de un paseo que había salido a dar. Cuando regresó, casi no le prestó atención a su historia del fantasma, estaba como ausente. Durante la noche ella había tratado de abrazarlo, pero él, o estaba muy dormido o fingió estarlo, pues no reaccionó a sus insinuaciones. Más tarde lo había escuchado llorar quemadamente y ella a su vez había fingido no oírlo.

Sentía que su gordura, su flato y su mal aliento definitivamente estaban alejando a Pedro de su lado cada día más y no le veía solución. Le pedía por lo tanto su ayuda. La necesitaba como nunca y no tenía a nadie más a quien recurrir. Su situación cada día era más grave. No sabría cómo reaccionar al «qué dirán» si Pedro la abandonaba, no lo resistiría. El único consuelo que le quedaba era que al menos tenía a su hija Esperanza, ella tenía la obligación de estar a su lado para siempre.

Hasta este momento todo iba muy bien, las primeras palabras de Rosaura habían causado estragos en la conciencia de Tita, pero en cuanto escuchó por segunda ocasión cuál sería el destino de Esperanza tuvo que hacer un soberano esfuerzo por no gritarle a su hermana que esta idea era la más aberrante que había escuchado en toda su vida. No podía iniciar en estos momentos una discusión entre ellas que diera al traste con la buena voluntad que sentía de compensar a Rosaura del daño que le estaba causando. Así que en lugar de externar sus pensamientos, le prometió a su hermana prepararle una dieta especial para ayudarla a bajar de peso. Y amablemente le proporcionó una receta de familia contra el mal aliento: «El mal aliento tiene su origen en el estómago y son varias las causas que contribuyen a ello. Para hacerlo desaparecer debe principiarse por gargarismos de agua salada, sorbiéndola al propio tiempo por las narices, mezclada con algunas gotas de vinagre de alcanfor pulverizado. Paralelamente hay que masticar continuamente hojas de menta. El plan propuesto, seguido con constancia, es capaz por sí solo de purificar el aliento más pestilente».

Rosaura le agradeció infinitamente su ayuda y rápidamente salió a la huerta a recoger hojas de menta, no sin antes suplicarle absoluta discreción en este delicado asunto. El rostro de Rosaura reflejaba un gran alivio. En cambio Tita estaba destruida. ¡Qué era lo que había hecho! ¿Cómo resarcir el daño a Rosaura, a Pedro, a ella misma, a John? ¿Con qué cara lo iba a recibir dentro de unos días, cuando regresara de su viaje? John, la persona a quien sólo tenía cosas que agradecer, John, el que la había vuelto a la cordura, John el que le había mostrado el camino a la libertad.

John, la paz, la serenidad, la razón. ¡Verdaderamente él no se merecía esto! ¿Qué decirle, qué hacer? Por lo pronto lo mejor era que continuara preparando la rosca de Reyes, pues la masa con levadura que había dejado reposando mientras platicaba con Rosaura ya estaba lista para el paso siguiente.

Con el kilo de harina se forma una fuente sobre la mesa. En el centro se ponen todos los ingredientes y se van amasando empezando por los del centro y tomando poco a poco la harina de la fuente, hasta que se incorpora toda. Cuando la masa que contiene la levadura ha subido al doble de su tamaño, se mezcla con esta otra masa, integrándolas perfectamente, hasta el punto en que se desprendan de las manos con toda facilidad. Con una raspa se quita la masa que se va quedando pegada en la mesa, para integrarla también. Entonces se vacía la masa en un recipiente hondo, engrasado. Se tapa con una servilleta y se espera a que suba nuevamente al doble de su tamaño. Hay que tener en cuenta que la masa tarda aproximadamente dos horas en duplicar su tamaño y es necesario que lo haga tres veces, antes de poder meterla al horno.

Cuando Tita estaba cubriendo con una servilleta la vasija donde puso a reposar la masa, una fuerte ráfaga de viento azotó la puerta de la cocina abriéndola de par en par y permitiendo que un frío helado la invadiera. La servilleta voló por los aires y un gélido estremecimiento recorrió la espalda de Tita. Giró su cuerpo y asombrada quedó frente a frente con Mamá Elena que la miraba duramente.

—Te dije muchas veces que no te acercaras a Pedro. ¿Por qué lo hiciste?

—...Yo lo intenté mami... pero....

—¡Pero nada! ¡Lo que has hecho no tiene nombre! ¡Te has olvidado de lo que es la moral, el respeto, las buenas costumbres! No vales nada, eres una cualquiera que no se respeta ni a sí misma. ¡Has enlodado el nombre de toda mi familia, desde el de mis antepasados, hasta el de esa maldita criatura que guardas en las entrañas!

—¡No! ¡Mi hijo no está maldito!

—¡Sí lo está! ¡Lo maldigo yo! ¡A él y a ti, para siempre!

—No, por favor.

La entrada de Chencha en la cocina hizo que Mamá Elena diera media vuelta y saliera por la misma puerta por donde había entrado.

—Cierra la puerta niña, ¿no ves el frío qui'ace? Últimamente te veo muy despatoladota. ¿Pos qué tráis pues'n?

Nada. No le pasaba nada más que tener un mes de atraso en su mestruación, la sospecha de estar embarazada; tener que decírselo a John en cuanto regresara para casarse con ella, tener que cancelar ese matrimonio, tener que abandonar ese rancho si es que quería tener a su hijo sin problemas, tener que renunciar para siempre a Pedro, pues no podía hacerle más daño a Rosaura.

¡Sólo eso le pasaba! Pero no se lo podía decir. De hacerlo, con lo chismosa que era Chencha, al otro día todo el pueblo lo sabría. Prefirió no darle ninguna respuesta y cambiarle el tema sin más ni más, tal y como Chencha se lo hacía a ella cuando la sorprendía en alguna falta.

—¡Qué barbaridad! La masa ya está desbordándose. Déjame terminar la rosca, o nos va a caer la noche encima sin haber terminado.

Aún no se estaba desbordando la masa de la vasija donde la había puesto a reposar, pero era el pretexto ideal para distraer la atención de Chencha hacia otro asunto.

Cuando la masa ya dobló su tamaño por segunda vez, se vacía sobre la mesa y se hace una tira con ella. En medio se le ponen si se desea, algunas frutas cubiertas en trozos. Si no, solamente el muñeco de porcelana, al azar. Se enrolla la tira metiendo una punta en la otra. Se pone sobre una lámina engrasada y enharinada con la unión hacia abajo. Se le da la forma de rosca, dejando bastante espacio entre la misma y la orilla de la lámina, pues todavía va a doblar su tamaño una vez más. Mientras tanto se enciende el horno para mantener una temperatura agradable en la cocina, hasta que termine de esponjarse la masa.

Antes de introducir el muñeco de porcelana en la rosca, Tita lo observó detenidamente. Según la tradición, la noche del 6 de enero se parte la rosca y la persona que se saca el muñeco que viene escondido dentro de ella queda obligado a celebrar una fiesta el 2 de febrero, día de la Candelaria, cuando hay que levantar del nacimiento al niño Jesús. Desde que eran muy niñas esta tradicción se había convertido en una especie de competencia entre ella y sus hermanas. Se consideraba muy afortunadamente a la que tenía la suerte de quedarse con el muñeco. Por la noche podría pedir un deseo apretándolo fuertemente con las dos manos.

Observando detenidamente las delicadas formas del muñeco, pensaba lo fácil que era desear cosas durante la niñez. Entonces no hay imposibles. Cuando uno crece se da cuenta de todo lo que no se puede desear porque es algo prohibido, pecaminoso. Indecente.

¿Pero qué es la decencia? ¿Negar todo lo que uno quiere verdaderamente? Ojalá que nunca hubiera crecido, ni conocido a Pedro, ni tuviera que desear no estar embarazada de él. Ojalá que su madre dejara de atormentarla, de toparse con ella por todos los rincones y de gritarle lo indigno de su proceder. ¡Ojalá que Esperanza se casara, sin que Rosaura lo pudiera impedir y nunca conociera de estas angustias y dolores! ¡Ojalá que esta niña tuviera la fuerza que había tenido Gertrudis para huir de la casa, en caso de ser necesario¡ ¡Ojalá que Gertrudis regresara a casa, para darle a Tita el apoyo que tanto necesitaba en estos momentos! Pidiendo estos deseos introdujo el muñeco en la rosca y la dejó sobre la mesa, para que siguiera aumentando su tamaño.

Cuando la masa dobla su tamaño por tercera vez, se decora con las frutas cubiertas, se barniza con huevo batido y se le pone el azúcar. Se mete al horno por veinte minutos y después se deja enfriar.

Cuando la rosca estuvo lista, Tita le pidió a Pedro que la ayudara a llevarla a la mesa. Le hubiera podido pedir ayuda a quien fuera, pero necesitaba hablar con él en privado.

—Pedro necesito hablarle a solas.

—Es muy fácil, ¿por qué no va al cuarto obscuro? Ahí lo podemos hacer sin que nadie nos moleste. Llevo muchos días esperando que vaya.

—Lo que tengo que decirle es precisamente sobre esas visitas.

La entrada de Chencha interrumpió la conversación, para informar que los Lobo acababan de llegar a la fiesta y sólo estaban esperando por ellos para partir la rosca. Entonces a Tita y a Pedro nos les quedó otra que suspender la conversación y llevar la rosca al comedor, donde era esperada con ansiedad. Cuando iban atravesando el pasillo, Tita vio a su madre parada junto a la puerta del comedor, lanzándole una mirada de furia. Tita se paralizó. El *Pulque* empezó a ladrarle a Mamá Elena, que caminaba amenazadoramente hacia Tita. El perro tenía el pelo del lomo erizado por el miedo y caminaba defensivamente, hacia atrás. Su aturdimiento hizo que metiera una pata trasera dentro de la escupidera de latón que se encontraba al final del pasillo, junto al helecho, y que al tratar de salir corriendo la azotara contra el piso, dejando regado por todos lados el contenido de la misma.

El escándalo que provocó llamó la atención de los 12 invitados, que ya se encontraban reunidos en la sala. Se asomaron al pasillo muy alarmados y Pedro les tuvo que explicar que el *Pulque*, tal vez por la vejez, últimamente hacía este tipo de cosas inexplicables, pero que todo estaba bajo control. Sin embargo Paquita Lobo se dio cuenta de que Tita estaba a punto del desmayo. Pidió que alguien más le ayudara a Pedro a llevar la rosca al comedor, pues ella veía a Tita muy indispuesta. La tomó del brazo y la llevó a la sala. Le dieron a oler sales y después de un momento se recuperó por completo. Entonces decidieron pasar al comedor. Antes de salir, Paquita detuvo a Tita un segundo y le preguntó:

—¿Ya te sientes bien? Aún te noto medio mareada, ¡y tienes una mirada! Que de no ser porque yo sé perfectamente que eres una muchacha decente juraría que estás embarazada.

Tita, riendo y tratando de no darle importancia, le respondió.

—¿Embarazada? ¡Sólo a usted se le ocurre! ¿Y qué tiene que ver la mirada con eso?

—Yo puedo ver en los ojos de una mujer inmediatamente cuándo está embarazada.

Tita agradeció que el *Pulque* la salvara nuevamente de una situación difícil, pues el escándalo de los mil demonios que estaba armando en el patio le evitó tener que seguir conversando con Paquita. Además de los ladridos del *Pulque* se escuchaba el sonido provocado por el galope de varios caballos. Todos los invitados ya estaban en casa. ¿Quién podría ser a estas horas? Tita se dirigió rápidamente a la puerta, la abrió y vio cómo el *Pulque* le hacía fiestas a la persona que venía al frente de una compañía de revolucionarios. Hasta que se acercaron lo suficiente, pudo apreciar que quien venía al mando de la tropa era nada menos que su hermana Gertrudis. A su lado cabalgaba el ahora general Juan Alejandrez, el mismo que se la había robada tiempo atrás. Gertrudis se bajó del caballo y como si el tiempo no hubiera pasado, dijo con desparpajo que sabiendo que era día de partir la rosca de Reyes, había venido por una buena taza de chocolate recién batido. Tita, abrazándola emocionada, la llevó de inmediato a la mesa para cumplirle el deseo. En la casa lo hacían como nadie, pues ponían mucho esmero en todos los pasos a seguir para hacerlo, desde su fabricación hasta la batida del chocolate, que es otro capítulo importantísimo. La impericia al batirlo puede ocasionar que un chocolate de excelente calidad se convierta en detestable o por su falta de cocimiento o por estar pasado de punto, o muy espeso o aun quemado.

El método para evitar todas las fallas anteriores es muy sencillo: se pone en la lumbre una tablilla de chocolate con agua. La cantidad de agua debe ser un poco mayor que la que se necesite para llenar el pocillo en que se ha de hervir. Cuando da el primer hervor, se aparta del fuego y se deshace la tablilla perfectamente, se bate con el molinillo hasta que esté bien incorporada con el agua. Se vuelve a la hornilla. Cuando dé otro hervor y quiera subir, se aparta de la lumbre. En seguida se vuelve a poner y así hasta que dé el tercer hervor. Entonces se aparta por última ocasión y se bate. Se sirve la mitad en el pozuelo y se vuelve a batir el restante. Entonces se sirve todo, dejando la superficie cubierta de espuma. Se puede hacer también con leche en lugar de agua, pero en este caso sólo se le da un hervor, la segunda ocasión que se pone al fuego se bate para que no quede muy espeso. El chocolate hecho con agua es de mejor digestión que el de leche.

Gertrudis cerraba los ojos cada vez que daba un sorbo a la taza de chocolate que tenía frente a ella. La vida sería mucho más agradable si uno pudiera llevarse a donde quiera que fuera los sabores y los olores de la casa materna. Bueno, ésta ya no era su casa materna. Su madre había muerto sin que ella se enterara.

Sintió mucha pena cuando Tita se lo informó. Ella había regresado con la intención de mostrarle a Mamá Elena que había triunfado en la vida. Era *generala* del ejército revolucionario. Este nombramiento se lo había ganado a pulso, luchando como nadie en el campo de batalla. En la sangre traía el don de mando, así que en cuanto ingresó al ejército, rápidamente empezó a escalar puestos en el poder hasta alcanzar el mejor puesto, y no sólo eso, regresaba felizmente casada con Juan. Se habían encontrado después de haberse dejado de ver por más de un año y entre ellos había renacido la misma pasión que la del día en que se conocieron. ¡Qué más podía pedir una persona! Cómo le gustaría que su madre la hubiera visto y cómo le gustaría volverla a ver, aunque sólo fuera para que le indicara con la mirada que era necesario que utilizara la servilleta para limpiarse los restos de chocolate en los labios.

Este chocolate estaba preparado como en los viejos tiempos.

Gertrudis lanzó una plegaria en silencio y con los ojos cerrados, pidiendo que Tita viviera muchos años más cocinando las recetas de la familia. Ni ella ni Rosaura tenían los conocimientos para hacerlo, por lo tanto el día que Tita muriera moriría junto con ella el pasado de su familia. Cuando todos terminaron de cenar pasaron a la sala, donde dio comienzo el baile. El salón estaba perfectamente iluminado por una colosal cantidad de velas. Juan impresionó a los invitados tocando de maravilla la guitarra, la armónica y el acordeón. Gertrudis llevaba el ritmo de las piezas que Juan interpretaba golpeando el piso con la punta de su bota.

Lo miraba orgullosamente desde el fondo del salón, donde una corte de admiradores la tenía rodeada, asediándola con preguntas sobre su participación en la revolución. Gertrudis, con gran soltura, mientras fumaba, les narraba fantásticas historias de las batallas en las que había participado. En ese momento los tenía con la boca abierta contándoles cómo había sido el primer fusilamiento que ordenó, pero sin poderse contener, interrumpió el relato y se lanzó al centro del salón donde empezó a bailar con donaire la polka *Jesusita en Chihuahua*, que Juan interpretaba magistralmente en el acordeón norteño. Con liviandad, se levantaba la falda hasta la rodilla, mostrando gran desenfado.

Esta actitud provocaba comentarios escandalosos de las mujeres ahí reunidas.

Rosaura le dijo en el oído a Tita.

—Yo no sé de dónde sacó ese ritmo Gertrudis. A mamá no le gustaba bailar y dicen que papá lo hacía muy mal.

Tita levantó los hombros en señal de respuesta, aunque ella sabía perfectamente bien de quién había heredado Gertrudis el ritmo y otras cosas. Este secreto pensaba llevárselo a la tumba, pero no lo pudo hacer. Un año más tarde Gertrudis dio a luz a un niño mulato. Juan enfureció y amenazó con dejarla. No le perdonaba a Gertrudis que hubiera vuelto a las andadas. Entonces Tita, para salvar ese matrimonio, confesó todo. Por fortuna no se había atrevido a quemar las cartas, ahora sí que con el «negro pasado» de su madre, pues éstas le sirvieron perfectamente de prueba para demostrar la inocencia de Gertrudis.

De cualquier manera fue un golpe difícil de asimilar, pero al menos no se separaron, sino que vivieron para siempre juntos y pasando más tiempo felices que enojados.

Así como sabía la razón del ritmo de Gertrudis, sabía la razón del fracaso del matrimonio de su hermana y de su propio embarazo.

Ahora le gustaría saber cuál era la mejor solución. Eso es lo importante. Lo bueno es que ya tenía alguien a quien confiar sus penas. Esperaba que Gertrudis se quedara en el rancho lo suficiente como para que la escuchara y la aconsejara. En cambio Chencha deseaba todo lo contrario. Estaba furiosa con Gertrudis, bueno no precisamente con ella sino con el trabajo que representaba el atender a su tropa. En lugar de gozar de la fiesta, a esas horas de la noche había tenido que poner una gran mesa en el patio y elaborar chocolate para los cincuenta de su tropa.

Continuará...

Siguiente receta:

Torrejas de natas

Capítulo X
Octubre
TORREJAS DE NATAS

INGREDIENTES:

Una taza de natas
6 huevos
Canela
Almíbar

Manera de hacerse:

Se toman los huevos, se parten y se les separan las claras. Las 6 yemas se revuelven con la taza de natas. Se baten estos ingredientes hasta que se torne ralo el batido. Entonces se vierte sobre una cazuela previamente untada con manteca. Esta mezcla, dentro de la tartera, no debe sobrepasar un dedo de altura. Se pone sobre la horquilla, a fuego muy bajo, y se deja cuajar.

Tita estaba preparando estas torrejas a petición expresa de Gertrudis, pues era su postre favorito. Tenía mucho tiempo de no comerlo y quería hacerlo antes de dejar el rancho, al día siguiente. Había pasado en casa sólo una semana, pero esto era mucho más de lo que había planeado. Mientras Gertrudis untaba la cazuela donde Tita vaciaría las natas batidas, no paraba de hablar. Tenía tantas cosas que contarle que ni con un mes hablando día y noche podría agotar su conversación. Tita la escuchaba con gran interés. Es más, le daba temor que dejara de hacerlo, pues entonces le tocaría el turno a ella. Sabía que sólo le quedaba el día de hoy para contarle a Gertrudis su problema y aunque se moría de ganas de desahogarse con su hermana, tenía resquemores en cuanto la actitud que ésta tomaría con ella.

La estancia de Gertrudis y su tropa en la casa, en lugar de agobiar de trabajo a Tita, le había proporcionado una enorme paz.

Con tanta gente por toda la casa y los patios, era imposible conversar con Pedro, ya no se diga encontrarse con él en el cuarto obscuro. Esto tranquilizaba a Tita, pues aún no estaba preparada para hablar con él. Antes de hacerlo quería analizar bien las posibles soluciones que tenía el problema de su embarazo, y tomar una determinación. Por un lado estaban ella y Pedro y, por otro, estaba su hermana en total desventaja. Rosaura no tenía carácter, le importaba mucho aparentar en la sociedad, seguía gorda y pestilente, pues ni con el remedio que Tita le dio pudo aminorar su intenso problema. ¿Qué pasaría si Pedro la abandonaba por ella? ¿Qué tanto le afectaría a Rosaura? ¿Qué sería de Esperanza?

—¿Ya te aburrí con mi plática verdad?

—Claro que no Gertrudis, ¿por qué dices eso?

—Nada más porque te veo con la mirada perdida desde hace un rato. Dime ¿qué es lo que te pasa? Se trata de Pedro, ¿verdad?

—Sí.

—Si lo sigues queriendo, ¿cómo es entonces que te vas a casar con John?

—Ya no me voy a casar con él, no puedo hacerlo.

Tita se abrazó a Gertrudis y lloró en su hombro, en silencio.

Gertrudis le acariciaba el pelo con ternura, pero sin descuidar el dulce de torrejas que estaba sobre la lumbre. Sería una pena que no pudiera comerlo. Cuando estaba a punto de empezar a quemarse, separó a Tita de su lado y con dulzura le dijo.

—Nada más déjame quitar esto de la lumbre y ahorita sigues llorando, ¿sí?

A Tita no pudo menos que causarle risa que en estos momentos Gertrudis estuviera más preocupada por el futuro de las torrejas que por el de ella. Claro que esta actitud era comprensible, pues por un lado Gertrudis ignoraba la gravedad del problema de su hermana y por el otro tenía un gran antojo de comer torrejas.

Secándose las lágrimas, Tita misma retiró del fuego la cazuela, pues Gertrudis se quemó la mano al tratar de hacerlo.

Ya que están frías las natas, se cortan en pequeños cuadros, de un tamaño que no los haga quebradizos. Por su parte se baten las claras, para rebozar en ellas los cuadros de nata y después freírlos en aceite. Por último se echan en almíbar y se polvorean con canela molida.

Mientras dejaban enfriar las natas para poder capearlas después, Tita le confió a Gertrudis todos sus problemas. Primero le mostró lo inflamado que tenía el vientre, y cómo sus vestidos y faldas, ya no le cerraban. Luego le contó cómo por las mañanas al levantarse sentía mareos y náuseas. Cómo el busto le dolía tanto que nadie se lo podia tocar. Y al último, así como quien no quiere la cosa, le dijo que esto tal vez, quién sabe, a la mejor, lo más posible, era porque estaba un poquito embarazada. Gertrudis la escuchó con calma y sin impresionarse en ningún momento. En la revolución ella había visto y oído cosas mucho peores que éstas.

—¿Y dime, ya lo sabe Rosaura?

—No, no sé qué es lo que haría si se entera de la verdad.

—¡La verdad! ¡La verdad! Mira Tita, la mera verdad es que la verdad no existe, depende del punto de vista de cada quien. Por ejemplo, en tu caso la verdad podría ser que Rosaura se casó con Pedro, a la mala, sin importarle un comino que ustedes verdaderamente se querían, ¿verdad que no miento?

—Pues sí, pero el caso es que ahora ella es la esposa, no yo.

—¡Eso qué importa! ¿Esa boda cambió en algo lo que Pedro y tú sienten de verdad?

—No.

—¿Verdad que no? ¡Pues claro! Porque ese amor es uno de los más verdaderamente verdaderos que yo he vista en mi vida. Y tanto Pedro como tú cometieron el error de callar la verdad, pero aún están a tiempo. Mira, Mamá ya murió, y verdad de Dios que ella sí que no entendía razones, pero con Rosaura es distinto, ella bien que sabe la verdad y la tiene que entender, es más, creo que en el fondo siempre la ha entendido. Así que a ustedes no les queda otra que hacer valer su verdad y punto.

—¿Me aconsejas entonces que hable con ella?

—Mira, en lo que yo te digo, lo que haría en tu lugar, ¿por qué no vas preparando el almíbar para mis torrejas? digo, para ir adelantando, porque la verdad es que ya se está haciendo tarde. Tita aceptó la sugerencia y principió a elaborar el almíbar, sin perder detalle de las palabras de su hermana. Gertrudis estaba sentada de frente a la puerta de la cocina que daba al patio trasero, Tita estaba al otro lado de la mesa y dando la espalda a la puerta, por lo que era imposible que viera venir a Pedro caminando hacia la cocina, cargando un costal de frijol para alimentar a la tropa. Entonces Gertrudis, con su gran práctica en el campo de batalla midió estratégicamente el tiempo que Pedro tardaría en cruzar por el umbral de la puerta para, en ese preciso instante, dispararle estas palabras:

—...Y creo que entonces sería bueno que Pedro se enterara de que esperas un hijo suyo.

¡Con gran éxito dio en el blanco! Pedro, fulminado, dejó caer el costal al piso. Se moría de amor por Tita. Ésta giró asustada y descubrió a Pedro que la miraba emocionado hasta las lágrimas.

—¡Pedro, qué casualidad que llega! Mi hermana tiene algo que decirle, ¿por qué no van a la huerta a platicar, mientras yo termino el almíbar?

Tita no sabía si recriminarle o agradecerle a Gertrudis su intervención. Más tarde hablaría con ella, pero ahora no le quedaba otra que hacer lo propio con Pedro. En silencio, Tita le dio a Gertrudis la vasija que tenía en las manos donde había empezado a preparar el almíbar, sacó del cajón de la mesa un arrugado papel con la receta escrita en él y se lo dejó a Gertrudis por si acaso lo necesitaba. Salió de la cocina, seguida por Pedro.

¡Claro, Gertrudis necesitaba de la receta, sin ella sería incapaz de hacer nada! Con cuidado empezó a leerla y a tratar de seguirla: Se bate una clara de huevo en medio cuartillo de agua para cada dos libras de azúcar o piloncillo, dos claras de huevo en un cuartillo de agua para cinco libras de azúcar y en la misma proporción para mayor o menor cantidad. Se hace hervir el almíbar hasta que suba tres veces, calmando el hervor con un poco de agua fría, que se echará cada vez que suba. Se aparta entonces del fuego, se deja reposar y se espuma; se le agrega después otra poca de agua junto con un trozo de cáscara de naranja, anís y clavo al gusto y se deja hervir. Se espuma otra vez y cuando ha alcanzado el grado de cocimiento llamado de bola, se cuela en un tamiz o en un lienzo tupido sobre un bastidor. Gertrudis leía la receta como si leyera jeroglíficos. No entendía a cuánta azúcar se refería al decir cinco libras, ni qué era un cuartillo de agua y mucho menos cuál era el punto de bola. ¡La que estaba verdaderamente hecha bolas era ella! Salió al patio a pedirle a Chencha su ayuda.

Chencha estaba terminando de repartir frijoles a correligionarios de la quinta mesa del desayuno. Ésta era la última que tenía que servir, pero en cuanto terminara de dar de comer a esta mesa, ya tenía que poner la próxima, para que los revolucionarios que habían ingerido sus sagrados alimentos en la primera mesa del desayuno pasaron a comer, y así sucesivamente, hasta las 10 de la noche en que terminaba de servir la última mesa de la cena. Por lo que era claramente comprensible que estuviera de lo más violenta e irritable contra todo aquel que se acercara a pedirle que hiciera un trabajo extra. Gertrudis no era la excepción por muy *generala* que fuera. Chencha se negó terminantemente a proporcionarle su ayuda. Ella no formaba parte de su tropa, ni tenía por qué obedecerla ciegamente como lo hacían todos los hombres bajo su mando.

Gertrudis estuvo entonces tentada a recurrir a su hermana, pero su sentido común se lo impidió. No podía interrumpir de ninguna manera a Tita y a Pedro en estos momentos. Tal vez los más decisivos de sus vidas.

Tita caminaba lentamente entre los árboles frutales de la huerta, el olor a azahar se confundía con el aroma a jazmines, característico de su cuerpo. Pedro, a su lado, la llevaba del brazo con infinita ternura.

—¿Por qué no me lo había dicho?

—Porque primero quería tomar una determinación.

—¿Y ya la tiene?

—No.

—Pues yo creo que es conveniente antes de que la tome que sepa que para mí, tener un hijo con usted es la mayor dicha que podría alcanzar, y para gozarla como se debe me gustaría que nos fuésemos muy lejos de aquí.

—No podemos pensar sólo en nosotros, también existen en el mundo Rosaura y Esperanza, ¿qué va a pasar con ellas?

Pedro no pudo responderle. No había pensado en ellas hasta ahora, y la verdad no deseaba lastimarlas ni dejar de ver a su pequeña hija. Tenía que haber una solución benéfica para todos. Él tendría que encontrarla. Al menos de una cosa estaba seguro, Tita ya no se iría del rancho con John Brown.

Un ruido a sus espaldas los alarmó. Alguien caminaba tras ellos, Pedro de inmediato soltó el brazo de Tita y giró disimuladamente la cabeza para ver de quién se trataba. Era el *Pulque*, que harto de escuchar los gritos de Gertrudis en la cocina buscaba un mejor lugar donde dormir. De cualquier manera decidieron posponer su conversación para otro momento. Había demasiada gente por toda la casa y era riesgoso hablar de estas cosas tan privadas.

En la cocina, Gertrudis no lograba que el sargento Treviño dejara el almíbar como ella deseaba, por más órdenes que le daba. Estaba arrepentida de haber confiado en Treviño para tan importante misión, pero como Gertrudis preguntó a un grupo de rebeldes que quien sabía cuánto era una libra y él rápidamente respondió que una libra correspondía a 460 gramos y un cuartillo a un cuarto de litro, ella creyó que sabía mucho de cocina, y no era así.

La verdad, era la primera vez que Treviño le fallaba en algo que ella le encomendara. Recordaba una ocasión en que había tenido que descubrir a un espía que se había infiltrado entre la tropa.

Una soldadera, que era su amante, se había enterado de sus actividades y entonces él la había balaceado despiadadamente antes de que lo denunciara. Gertrudis regresaba de darse un baño en el río y la encontró agonizando. La soldadera le alcanzó a dar una clave para identificarlo. El traidor tenía un lunar rojo en forma de araña en la entrepierna.

Gertrudis no podía ponerse a revisar a todos los hombres, pues además de prestarse a malas interpretaciones, el traidor podría sospechar y huir antes de que lo encontraran. Entonces le encargó la misión a Treviño. Tampoco para él era una misión fácil. Lo que podrían pensar de su persona era peor de lo que pensarían de Gertrudis si se ponía a husmear en las entrepiernas de todos los hombres de la tropa. Treviño, entonces esperó pacientemente hasta llegar a Saltillo.

Inmediatamente después de que entraron en la ciudad se dio a la tarea de recorrer cuanto burdel existía y conquistar a todas las prostitutas de cada lugar valiéndose de no sé cuántas artes. Pero la principal era que Treviño las trataba como damas, las hacía sentirse como reinas. Era con ellas muy educado y galante, mientras les hacía el amor les recitaba versos y poemas. No había una que no cayera en sus redes y no estuviera dispuesta a trabajar para la causa revolucionaria.

De esta manera, no se tardó más de tres días en dar con el traidor y ponerle una trampa en complicidad con sus amigas las putas. El traidor entró a un cuarto del lenocinio con una rubia oxigenada llamada «La Ronca». Tras la puerta lo esperaba Treviño.

Este de una patada cerró la puerta y haciendo gala de una violencia nunca vista mató a golpes al traidor. Ya sin vida le cortó los testículos con un cuchillo.

Cuando Gertrudis le preguntó por qué lo había matado con tanta saña y no simplemente de un balazo, él respondió que había sido un acto de venganza. Hacía tiempo un hombre que tenía en la entrepierna un lunar rojo en forma de araña había violado a su madre y a su hermana. Esta última se lo había confesado antes de morir. De esta manera quedaba lavado el honor de su familia. Ése fue el único gesto salvaje que Treviño tuvo en la vida, de ahí en fuera era la persona más fina y elegante hasta para matar. Siempre lo hizo con gran pundonor. A partir de la captura del espía, a Treviño le quedó la fama de mujeriego empedernido. Y no estaba muy alejada de la verdad, pero el amor de su vida siempre fue Gertrudis. Muchos años trató de conquistarla en vano pero sin perder las esperanzas, hasta que Gertrudis se encontró nuevamente con Juan. Entonces se dio cuenta de que la había perdido para siempre. Ahora sólo le servía como un perro guardián, cuidándole las espaldas, sin despegársele un solo segundo.

Era uno de sus mejores soldados en el campo de batalla, pero en la cocina no tenía nada que hacer. Sin embargo a Gertrudis le daba pena correrlo de ahí pues Treviño era muy sentimental y cuando ella lo reprendía por algo le daba por la bebida. Así es que no le quedó otra que apechugar su error de elección y tratar de que todo saliera lo mejor posible. Entre los dos, cuidadosamente, leyeron paso a paso la mentada receta tratando de interpretarla.

«Si se quiere más puro el almíbar, como se necesita para endulzar los licores, después de las operaciones referidas se cantea el cazo o vasija que lo contiene, se deja reposar y se descansa, o lo que es lo mismo, se separa de los asientos con el menor movimiento posible.»

En la receta no se explicaba lo que era el punto de bola, así que Gertrudis le ordenó al Sargento que buscara la respuesta en un gran libro de cocina que estaba sobre el trastero.

Treviño se esforzaba por encontrar la información deseada, pero como apenas sabía leer, con su dedo recorría lentamente las palabras del libro, ante la impaciencia de Gertrudis.

«Se distinguen muchos grados de conocimiento del almíbar: almíbar en punto lizado, almíbar en punto lizado alto, almíbar de punto aperlado, almíbar de punto aperlado alto, almíbar de punto soplado, almíbar en punto de pluma, almíbar de punto y almíbar de punto de caramelo, almíbar de punto de bola...»

—¡Por fín! ¡Aquí está lo del punto de bola, mi *generala*!

—¡A ver, trae acá! Ya me desesperaste.

Gertrudis le leyó al sargento las instrucciones, con fluidez y en voz alta.

—«Para conocer si el almíbar está en este punto, se remojan los dedos en un cubilete o jarro de agua fría y se coge el almíbar, volviéndolos a meter con prontitud en el agua. Si al enfriarse el almíbar se hace bola y se maneja como pasta, está cocido al grado o punto de bola.» ¿Entendiste?

—Sí, pos creo que sí mi *generala*.

—¡Más te vale porque si no te juro que te mando fusilar!

Gertrudis había logrado por fin reunir toda la información que buscaba, ahora sólo le faltaba que el sargento preparara bien el almíbar y podría finalmente comer sus tan ansiadas torrejas.

Treviño, teniendo muy presente la amenaza que pesaba sobre su cabeza si no cocinaba correctamente para su superior, cumplió con su misión, a pesar de su inexperiencia.

Todos lo festejaron mucho. Treviño estaba de lo más feliz. Él mismo le llevó a Tita a su recámara una torreja que le mandaba Gertrudis para que le diera el visto bueno. Tita no había bajado a comer y se había pasado la tarde en cama. Treviño entró a la recámara y la depositó sobre una mesita que Tita utilizaba precisamente para cuando quería comer ahí y no en el comedor. Le agradeció mucho su atención y lo felicitó, pues las torrejas realmente estaban deliciosas. Treviño se lamentó de que Tita se sintiera indispuesta, pues le hubiera encantado pedirle que le concediera una pieza en el baile que se había organizado en el patio para despedir a la *generala* Gertrudis. Tita le prometió que bailaría encantada con él, si es que se animaba a bajar a la fiesta. Treviño se retiró rápidamente para irle a platicar con orgullo a toda la tropa lo que Tita le había dicho.

En cuanto el sargento salió, Tita se recostó nuevamente en la cama, no tenía ningún deseo de moverse de ahí, la inflamación en el vientre no le permitía estar sentada por mucho tiempo.

Tita pensó en la cantidad de veces en que había puesto a germinar trigo, frijoles, alfalfa y algunas otras semillas o granos, sin tener idea de lo que éstas sentían al crecer y cambiar de forma tan radicalmente. Ahora les admiraba la disposición con que abrían su piel y dejaban que el agua las penetrara libremente, hasta hacerlas reventar, para dar paso a la vida. Con qué orgullo, dejaban salir de su interior la primera punta de la raíz, con qué humildad perdían su forma anterior, con qué donaire mostraban al mundo sus hojas. A Tita le encantaría ser una simple semilla, no tener que dar cuentas a nadie de lo que se estaba gestando en su interior, y poder mostrarle al mundo su vientre germinado sin exponerse al rechazo de la sociedad. Las semillas no tenían este tipo de problemas, sobre todo, no tenían madre a la que temer, ni miedo a que las enjuiciaran. Bueno, Tita físicamente tampoco tenía madre, pero aún no podía quitarse de encima la sensación de que le caería de un momento a otro un fenomenal castigo del más allá, auspiciado por Mamá Elena. Esta sensación le era muy familiar: la relacionaba con el temor que sentía cuando en la cocina no seguía las recetas al pie de la letra. Siempre lo hacía con la certeza de que Mamá Elena la descubriría y en lugar de festejarle su creatividad la reprendería fuertemente por no respetar las reglas. Pero no podía evitar la tentación de transgredir las fórmulas tan rígidas que su madre quería imponerle dentro de la cocina... y de la vida.

Permaneció un buen rato descansando, recostada sobre la cama, y sólo se volvió a levantar cuando escuchó a Pedro cantar bajo su ventana una canción de amor. Tita llegó de un brinco a la ventana y la abrió. ¡Cómo era posible que a Pedro se le ocurriera tal atrevimiento! En cuanto lo vio, supo por qué. A leguas se veía que estaba borrachísimo. A su lado, Juan lo acompañaba con la guitarra.

Tita se asustó mucho, ojalá que Rosaura ya estuviera dormida, o si no, ¡la que se iba a armar!

Mamá Elena entró furiosa a la habitación y le dijo:

—¿Ya viste lo que estás ocasionando? Pedro y tú son unos desvergonzados. Si no quieres que la sangre corra en esta casa, vete a donde no puedas hacerle daño a nadie, antes de que sea demasiado tarde.

—La que se debería de ir es usted. Ya me cansé de que me atormente. ¡Déjeme en paz de una vez por todas!

—No lo voy a hacer hasta que te comportes como una mujer de bien, ¡o sea decentemente!

—¿Qué es comportarse decentemente? ¿Como usted lo hacía?

—Sí.

—¡Pues eso es lo que hago! ¿O no tuvo usted una hija ilícitamente?

—¡Te vas a condenar por hablarme así!

—¡No más de lo que usted está!

—¡Cállate la boca! ¿Pues qué te crees que eres?

—¡Me creo lo que soy! Una persona que tiene todo el derecho a vivir la vida como mejor le plazca. Déjeme de una vez por todas, ¡ya no la soporto! Es más, ¡la odio, siempre la odié!

Tita pronunció las palabras mágicas para hacer desaparecer a Mamá Elena para siempre. La imponente imagen de su madre empezó a empequeñecer hasta convertirse en una diminuta luz. Conforme el fantasma se desvanecía, el alivio crecía dentro del cuerpo de Tita. La inflamación del vientre y el dolor de los senos empezaron a ceder. Los músculos del centro de su cuerpo se relajaron, dando paso a la impetuosa salida de su menstruación.

Esta descarga tanto días contenida mitigó sus penas. Respiró profunda y tranquilamente. No estaba embarazada.

Pero no con esto terminaban sus problemas. La pequeña luz a que fue reducida la imagen de Mamá Elena empezó a girar rápidamente.

Atravesó el cristal de la ventana y salió disparada hacia el patio, como un buscapiés enloquecido. Pedro, en su borrachera, no se dio cuenta del peligro. Cantaba muy contento *Estrellita*, de Manuel M. Ponce, bajo la ventana de Tita, rodeado de revolucionarios igual de tomados que él. Gertrudis y Juan tampoco olieron la desgracia. Bailaban como dos adolescentes recién enamorados a la luz de uno de los tantos quinqués de petróleo que estaban diseminados por todo el patio para alumbrar la fiesta. De pronto, el buscapiés se acercó a Pedro girando vertiginosamente, y con una furia hizo que el quinqué más cercano a él estallara en mil pedazos. El petróleo esparció las llamas con rapidez sobre la cara y el cuerpo de Pedro.

Tita, que estaba terminando de tomar las medidas adecuadas para recibir su menstruación, escuchó el alboroto que el accidente de Pedro provocaba. Precipitadamente llegó hasta la ventana, la abrió y vio a Pedro corriendo por todo el patio, convertido en una antorcha humana. Entonces Gertrudis lo alcanzó, se arrancó de un tirón la falda de su vestido y con ella cubrió a Pedro, derribándolo sobre el piso.

Tita no supo cómo bajó las escaleras pero llegó al lado de Pedro en sólo 20 segundos. Gertrudis le quitaba en ese momento la ropa humeante. Pedro aullaba de dolor. Tenía quemaduras por todo el cuerpo. Entre varios hombres lo cargaron cuidadosamente para llevarlo a su recámara. Tita tomó a Pedro de la única mano que tenía libre de quemaduras y no se separó de él. Cuando iban subiendo las escaleras, Rosaura abrió la puerta de su recámara.

Percibió de inmediato un fuerte olor a plumas quemadas. Se acercó a la escalera con la intención de bajar a ver qué sucedía y ahí se topó con el grupo que cargaba a Pedro envuelto en humo. Tita, a su lado, lloraba desconsolada. El primer intento de Rosaura fue correr a ayudar a su marido. Tita trató de soltarle la mano a Pedro para permitir que Rosaura se acercara a él, pero Pedro, entre quejidos y hablándole por primera vez de tú, clamó:

—Tita, no te vayas. No me dejes.

—No, Pedro no lo haré.

Tita tomó nuevamente la mano de Pedro, Rosaura y Tita se miraron un momento retadoramente. Entonces Rosaura comprendió que ella no tenía nada que hacer ahí, se metió a su recámara y se encerró con llave. De ahí no salió en una semana.

Como Tita no podía ni quería desprenderse del lado de Pedro ordenó a Chencha que trajera claras de huevo batidas con aceite y bastantes papas crudas bien machacadas. Estos eran los mejores métodos que conocía contra las quemaduras. Las claras de huevo se ponen con una pluma fina sobre la parte dañada, renovando la aplicación cada vez que el linimento se seque. Después hay que poner emplastos de papas crudas machacadas para reducir la inflamación y calmar el dolor.

Tita se pasó toda la noche aplicándole estos remedios caseros.

Mientras le ponía el emplasto de papas, observaba el amado rostro de Pedro. Ni señas quedaban de su pobladas cejas y sus grandes pestañas. El cuadrado mentón, ahora tenía forma oval por la hinchazón. A Tita no le importaba que fuera a quedar con alguna marca, pero tal vez a Pedro sí. ¿Qué ponerle para evitar que le quedaran cicatrices? Nacha le dio la respuesta, que a su vez «Luz del amanecer» le había dado a ella: lo mejor en estos casos era ponerle a Pedro corteza del árbol de tepezcohuite. Tita salió corriendo al patio y sin importarle que la noche estaba muy avanzada levantó a Nicolás y lo mandó a conseguir esa corteza, con el mejor brujo de la región. Ya casi al amanecer logró calmar un poco el dolor de Pedro y que éste se quedara dormido por un momento. Aprovechó para salir a despedirse de Gertrudis, pues desde hacía rato oía los pasos y las voces de las gentes de su tropa mientras alistaban a los caballos para retirarse.

Gertrudis habló con Tita por largo rato, lamentaba no poderse quedar a ayudarla en el infortunio, pero le habían llegado órdenes de atacar Zacatecas. Gertrudis le agradeció los momentos tan felices que había pasado a su lado, le aconsejó que no dejara de luchar por Pedro y antes de despedirse le dio una receta que las soldaderas usaban para no embarazarse: después de cada relación íntima se hacían un lavado con agua hervida y unas gotas de vinagre. Juan se acercó a ellas e interrumpió la conversación, para informarle a Gertrudis que era hora de partir.

Juan le dio un fuerte abrazo a Tita y le envió a Pedro, por su conducto, los mejores deseos para su restablecimiento. Tita y Gertrudis se abrazaron emocionadas. Gertrudis subió a su caballo y se fue. No iba cabalgando sola, llevaba a su lado, en la alforja, su niñez encerrada en un frasco de torrejas de natas.

Tita los vio irse con lágrimas en los ojos. Chencha también pero al contrario de las de Tita, las de ella eran de felicidad. ¡Por fin podría descansar!

Cuando Tita iba a entrar nuevamente a la casa escuchó un grito de Chencha:

—¡No puede ser! Ya vienen de regreso.

Efectivamente, tal parecía que alguien de la tropa regresaba al rancho, pero no podían ver bien de quién se trataba por la polvareda que los caballos habían levantado en su retirada.

Forzando la vista, con gusto reconocieron que se trataba de la carretela de John. Ya estaba de regreso. Al verlo, Tita se sintió completamente confundida. No sabía qué iba a hacer ni qué le iba a decir. Por una parte le daba un gusto enorme verlo pero, por otra, se sentía muy mal de tener que cancelar su compromiso matrimonial con él. John llegó hasta ella con un gran ramo de flores. La abrazó emocionado y al besarla se dio cuenta de que algo había cambiado dentro de Tita.

Continuará...

Siguiente receta...

Frijoles gordos con chile a la Tezcucana

Capítulo XI
Noviembre
FRIJOLES GORDOS CON CHILE A LA TEZCUCANA

INGREDIENTES:

Frijoles gordos
Carne de puerco
Chicharrón
Chile ancho
Cebolla
Queso rallado

Lechuga
Aguacate
Rábanos
Chiles tornachiles
Aceitunas

Manera de hacerse:

A los frijoles primero se les tiene que dar un cocimiento con tequesquite, y después de lavados se ponen nuevamente a cocer junto con pedacitos de carne de puerco y chicharrón.

Poner los frijoles a cocer fue lo primero que hizo Tita en cuanto se levantó a las cinco de la mañana.

Hoy estaban invitados a comer John y su tía Mary, que había venido desde Pennsylvania sólo para asistir a la boda de Tita y John. La tía Mary estaba ansiosa por conocer a la prometida de su sobrino preferido y no había podido hacerlo por lo inoportuno que esto sería, dadas las condiciones de salud de Pedro. Esperaron una semana a que se restableciera para hacer una visita oficial. A Tita le angustiaba mucho no poder cancelar esta presentación debido a que la tía de John ya tenía 80 años y había venido desde tan lejos sólo con la esperanza de conocerla. Darle una buena comida a la tía Mary era lo menos que Tita podía hacer por la dulce anciana y por John, pero no tenía nada que ofrecerles aparte de la noticia de que no se casaría con John. Se sentía completamente vacía, como un platón al que sólo le quedan las migajas de lo que fue un excelente pastel.

Buscó alimentos en la despensa pero éstos brillaban por su ausencia, verdaderamente no tenía nada. La visita de Gertrudis al rancho había arrasado con todas las reservas. Lo único que le quedaba en el granero, aparte de maíz para hacer unas ricas tortillas, eran arroz y frijoles. Pero con buena voluntad e imaginación podría preparar una comida digna. Un menú de arroz con plátanos machos y frijoles a la Tezcucana no la haría quedar nada mal.

Como los frijoles no estaban tan frescos como en otras ocasiones y previendo que se tomaran más tiempo del acostumbrado en cocerse los puso desde temprano y mientras éstos lo hacían, se ocupó en desvenar los chiles anchos.

Después de desvenados los chiles, se ponen a remojar en agua caliente y por último se muelen.

Inmediatamente después de haber dejado los chiles remojando, Tita preparó el desayuno de Pedro y se lo llevó a su recámara.

Ya se encontraba bastante restablecido de sus quemaduras. Tita en ningún momento había dejado de aplicarle la corteza del Tepezcohuite y con esto había evitado que a Pedro le quedaran cicatrices. John había aprobado por completo el tratamiento. Él mismo, curiosamente, continuaba desde hacía tiempo los experimentos con esta corteza que su abuela «Luz del amanecer» había iniciado. Pero esperaba a Tita ansiosamente. Aparte de las deliciosas comidas que ésta le llevaba a diario, otro aspecto relevante influyó en su asombroso restablecimiento: las pláticas que tenía con ella después de tomar sus alimentos. Pero esta mañana Tita no tenía tiempo para dedicarle, quería preparar la comida para John lo mejor posible. Pero, estallando en celos, le dijo:

—Lo que deberías hacer en vez de invitarlo a comer, es decirle de una vez por todas que no te vas a casar con él, porque estás esperando un hijo mío.

—No puedo decirle eso, Pedro.

—¿Qué? ¿Tienes miedo de lastimar al doctorcito?

—No es que tenga miedo, sino que sería muy injusto tratar a John de esa manera, él se merece todo mi respeto y tengo que esperar al mejor momento para hablarle.

—Si no lo haces tú, lo voy a hacer yo mismo.

—No, no le vas a decir nada; en primera, porque no te lo permito y, en segunda, porque no estoy embarazada.

—¿Qué? ¿Qué dices?

—Lo que confundí con un embarazo fue sólo un desarreglo, pero ya me normalicé.

—Entonces ¿es eso? Ahora entiendo perfectamente lo que te pasa. No quieres hablar con John porque tal vez estás dudando entre quedarte a mi lado o casarte con él ¿verdad? Ahora ya no estás atada a mí, un pobre enfermo.

Tita no entendía esta actitud de Pedro: parecía un niño chiquito emberrinchado. Hablaba como si fuera a estar enfermo por el resto de sus días y no era para tanto, en poco tiempo estaría restablecido por completo. Sin duda el accidente que sufrió le había alterado la mente. Tal vez tenía la cabeza llena de humo que su cuerpo había despedido al quemarse y así como un pan achicharrado altera el olor de toda una casa convirtiéndolo en desagradable, así su cerebro ahumado lanzaba estos negros pensamientos transmutando sus usualmente gratas palabras en insoportables. No era posible que dudara de ella, ni tampoco que tuviera la intención de actuar contrariamente a lo que siempre había sido una característica de su conducta para con los demás: la decencia.

Salió de la recámara muy molesta, y Pedro, antes de que cerrara la puerta, le gritó que no quería que volviera a llevarle la comida, que mandara a Chencha, para que pudiera tener tiempo suficiente de ver a John sin ningún problema.

Tita entró enojada a la cocina y se dispuso a desayunar, no lo había hecho antes pues para ella su primer interés era atender a Pedro y después su trabajo diario, y todo ¿para qué? Para que Pedro en lugar de tomárselo en cuenta reaccionara como lo hizo, ofendiéndola con sus palabras y actitudes. Definitivamente Pedro estaba convertido en un monstruo de egoísmo y celos.

Se preparó unos chilaquiles y se sentó a comerlos en la mesa de la cocina. No le gustaba hacerlo sola y últimamente no le había quedado otra, pues Pedro no se podía mover de la cama, Rosaura no quería salir de su recámara y permanecía encerrada a piedra y lodo sin recibir alimentos, y Chencha, después de tener su primer hijo, se había tomado unos días de reposo.

Por tanto, los chilaquiles no le supieron como en otras ocasiones: les faltaba la compañía de alguien. De pronto escuchó unos pasos. La puerta de la cocina se abrió y apareció Rosaura.

Tita se sorprendió al verla. Estaba igual de delgada que cuando era soltera. ¡Con sólo una semana de no comer! Parecía imposible que hubiera perdido 30 kilos en sólo 7 días, pero así era. Lo mismo le había pasado cuando se habían ido a vivir a San Antonio: adelgazó rápidamente, pero no hacía más que regresar al rancho y ¡a engordar!

Rosaura entró altivamente y se sentó frente a Tita. La hora de enfrentarse con su hermana había llegado, pero no sería Tita quien iniciara la disputa. Retiró el plato, le dio un sorbo a su café y empezó cuidadosamente a partir en trozos pequeños las orillas de las tortillas que había utilizado para hacer sus chilaquiles.

Acostumbraban a quitarle la orilla a todas las tortillas que comían para echárselas a las gallinas. También desmenuzaban el migajón del bolillo con la misma intención. Rosaura y Tita se miraron fijamente a los ojos y permanecieron en esta actitud hasta que Rosaura abrió la discusión.

—Creo que tenemos pendiente una conversación, ¿no lo crees?

—Sí, sí lo creo. Y creo que fue desde que te casaste con mi novio.

—Está bien, si lo quieres, empecemos por ahí. Tú tuviste un novio indebidamente. No te correspondía tenerlo.

—¿Según quién? ¿Según mamá o según tú?

—Según la tradición de la familia, que tú rompiste.

—Y que voy a romper cuantas veces sea necesario, mientras esa maldita tradición no me tome en cuenta. Yo tenía el mismo derecho a casarme que tú, y tú eras la que no tenía derecho a meterse en medio de dos personas que se querían profundamente.

—Pues ni tan profundamente. Ya ves cómo Pedro te cambió por mí a la menor oportunidad. Yo me casé con él, porque él así lo quiso. Y si tuvieras tantito orgullo lo deberías de haber olvidado para siempre.

—Pues para tu información, se casó contigo sólo por estar cerca de mí. No te quería y tú lo sabías muy bien.

—Mira, mejor ya no hablemos del pasado, a mí no me importan los motivos por los que Pedro se casó conmigo. Se casó y punto. Y yo no voy a permitir que ustedes dos se burlen de mí, ¡óyelo bien! No estoy dispuesta a hacerlo.

—Nadie intenta burlarse de ti Rosaura, no entiendes nada.

—No, ¡qué va! ¡Entiendo muy bien el papel en el que me dejas, cuando toda la gente del rancho te ve llorando al lado de Pedro y tomándolo amorosamente de la mano? ¿Sabes cuál es? ¡El del hazmerreír! ¡De veras que no tienes perdón de Dios! Y mira, a mí me tiene muy sin cuidado si tú y Pedro se van al infierno por andarse besuqueando por todos los rincones. Es más, de ahora en adelante pueden hacerlo cuantas veces quieran. Mientras nadie se entere, a mí no me importa, porque Pedro va a necesitar hacerlo con la que sea, pues lo que es a mí, no me va a volver a poner una sola mano encima. ¡Yo sí tengo dignidad! Que se busque una cualquiera como tú para sus cochinadas, pero eso sí, en esta casa yo voy a seguir siendo la esposa. Y ante los ojos de los demás también. Porque el día que alguien los vea y me vuelvan a hacer quedar en ridículo, te juro que se van a arrepentir.

Los gritos de Rosaura se confundían con los del llanto apremiante de Esperanza. Desde hacía un rato la niña lloraba, pero había ido subiendo gradualmente el tono de sus sollozos hasta alcanzar niveles insoportables. De seguro ya quería comer. Rosaura se levantó lentamente y dijo:

—Voy a darle de comer a mi hija. De hoy en adelante no quiero que tú lo vuelvas a hacer, la podrías manchar de lodo. De ti sólo recibiría malos ejemplos y malos consejos.

—De eso sí puedes estar muy segura. ¡No voy a permitir que a tu hija la envenenes con las ideas de tu enferma cabeza. Ni voy a dejar que le arruines la vida obligándola a seguir una tradición estúpida!

—¿Ah si? ¿Y cómo vas a impedirlo? De seguro piensas que te voy a dejar estar cerca de ella como hasta ahora, pero fíjate chiquita que no. ¿Cuándo has visto que a las mujeres de la calle se les permita estar junto a las niñas de familias decentes?

—¡No me digas que en serio crees que nuestra familia es decente!

—Mi pequeña familia sí lo es. Y para que lo siga siendo te prohibo acercarte a mi hija, o me voy a ver en la necesidad de correrte de esta casa, que mamá me heredó. ¿Lo entiendes?

Rosaura salió de la cocina, con la papilla que Tita había preparado para Esperanza y se fue a darle de comer. A Tita no le podía haber hecho nada peor. Sabía lastimarla en lo más profundo.

Esperanza era una de las cosas más importantes de este mundo para ella. ¡Qué dolor sentía! Mientras partía el último pedazo de tortilla que tenía en las manos deseó con toda su alma que a su hermana se la tragara la tierra. Era lo menos que se merecía.

Mientras discutía con Rosaura no había dejado de desmenuzar los trozos de tortillas, por lo que las había dejado partidas en pedazos minúsculos. Tita, con furia las puso sobre un plato y salió a tirárselas a las gallinas, para luego continuar con la preparación de los frijoles. Todo el tendedero del patio estaba lleno de los relucientes pañales de Esperanza. Eran unos pañales bellísimos. Entre todas se habían pasado tardes enteras bordándole las orillas. El viento los mecía y parecían olas de espuma. Tita desvió su mirada de los pañales. Tenía que olvidarse de que la niña estaba comiendo por primera vez sin ella, si es que quería terminar de preparar la comida. Se metió a la cocina y prosiguió con la elaboración de los frijoles.

Se pone a freir la cebolla picada en manteca. Al dorarse se le agrega ahí mismo el chile ancho molido y sal al gusto.

Ya que sazonó el caldillo, se le incorporan los frijoles junto con la carne y el chicharrón.

Fue inútil tratar de olvidarse de Esperanza. Cuando Tita vació los frijoles en la olla recordó lo mucho que a la niña le gustaba el caldo de frijol. Para dárselo, la sentaba sobre sus piernas, le ponía una gran servilleta en el pecho y se lo daba con una cucharita de plata. Qué alegría sintió el día en que escuchó el sonido de la cuchara al chocar con la punta del primer diente de Esperanza. Ahora le estaban saliendo dos más. Tita ponía mucho cuidado de no lastimárselos cuando le daba de comer. Ojalá que Rosaura hiciera lo mismo. ¡Pero qué iba a saber! Si nunca antes lo había hecho. Ni sabría tampoco prepararle el baño con agua de hojas de lechuga para asegurarle un sueño tranquilo por las noches, ni sabría vestirla ni besarla ni abrazarla ni arrullarla, como ella lo hacía. Tita pensó que tal vez lo mejor sería que dejara el rancho. Pedro la había desilusionado; Rosaura, sin ella en casa, podría rehacer su vida y la niña tendría que acostumbrarse tarde o temprano a los cuidados de su verdadera madre. Si Tita se seguía encariñando cada día más con ella iba a sufrir igual que lo hizo con Roberto. No tenía caso, ésta no era su familia y en cualquier momento se la podrían quitar con la misma facilidad con la que se quita una piedra a los frijoles cuando uno los está limpiando. En cambio, John le ofrecía establecer una nueva familia, que nadie le quitaría. Él era un hombre maravilloso y la quería mucho. No le sería difícil, con el tiempo, enamorarse perdidamente de él. No pudo continuar con sus reflexiones pues las gallinas empezaron a hacer gran alharaca en el patio. Parecía que habían enloquecido o tenían complejo de gallo de pelea. Se daban de picotazos unas a las otras, tratando de arrebatarse los últimos trozos de tortilla que quedaban sobre el suelo. Brincaban y volaban desordenadamente por todos lados, agrediéndose con violencia. Entre todas ellas había una, la más furiosa, que con el pico le sacaba los ojos a cuanta gallina podía, salpicando de sangre los blancos pañales de Esperanza. Tita, asustadísima, trató de parar la riña, lanzándoles una cubetada de agua. Lo que logró fue que enfurecieran más y que subieran de tono la pelea. Formaron un círculo, dentro del cual se correteaban unas a otras vertiginosamente. De pronto las gallinas se vieron atrapadas irremediablemente por la fuerza que ellas mismas generaban en su alocada carrera y ya no pudieron zafarse del remolino de plumas, polvo y sangre que empezó a girar y girar cada vez con más fuerza hasta convertirse en un poderoso tornado que arrasaba con todo lo que encontraba a su paso, empezando por los objetos más cercanos, en este caso, los pañales de Esperanza, que estaban sobre los tendederos del patio. Tita trató de rescatar algunos pañales, pero al ir a tomarlos, se vio arrastrada por la fuerza del poderoso remolino que la levantó varios metros del piso, le dio tres vueltas infernales entre la furia de los picotazos para después lanzarla con ímpetu hasta el extremo opuesto del patio, en donde cayó como costal de papas.

Tita se quedó pecho tierra asustadísima. No quería moverse. Si el remolino la atrapaba nuevamente corría el peligro de que las gallinas le sacaran un ojo. Este vórtice de gallinas fue perforando los terrenos del patio, haciendo un pozo profundo por el que la mayoría de ellas desapareció de este mundo. La tierra se las tragó. De esta pelea sólo sobrevivieron tres gallinas pelonas y tuertas. De los pañales ninguno.

Tita, sacudiéndose el polvo, revisó el patio: ni señas había de las gallinas. Lo que más le preocupaba era la desaparición de los pañales que con tanto amor había bordado. Tendrían que reponerlos rápidamente por unos nuevos. Bueno, pensándolo bien ése ya no era su problema; Rosaura había dicho que no quería que se acercara más a Esperanza, ¿no? Entonces, que ella se encargara de solucionar su problema y Tita se encargaría de solucionar el suyo, que por el momento sólo era tener lista la comida para John y la tía Mary.

Entró a la cocina y se dispuso a terminar de preparar los frijoles, pero cuál no sería su sorpresa al ver que a pesar de todas las horas que llevaban en el fuego los frijoles aún no estaban cocidos.

Algo anormal estaba pasando. Tita recordó que Nacha siempre le decía que cuando dos o más personas discutían mientras estaban preparando tamales, éstos quedaban crudos. Podían pasar días y días sin que se cocieran, pues los tamales estaban enojados. En estos casos era necesario que se les cantara, para que se contentaran y lograran cocerse. Tita supuso que esto mismo les había pasado a sus frijoles, pues habían presenciado la pelea con Rosaura. Entonces no le quedó de otra que tratar de modificar su estado de ánimo y cantarles a los frijoles con amor, pues contaba con muy poco tiempo para tener lista la comida de sus invitados.

Para esto, lo más conveniente era buscar en su memoria algún momento de enorme felicidad y revivirlo mientras cantaba. Cerró los ojos y empezó a cantar un vals que decía: «Soy feliz desde que te vi, te entregué mi amor y mi alma perdí...» A su mente acudieron presurosas las imágenes de su primer encuentro con Pedro en el cuarto obscuro. La pasión con que Pedro la había despojado de sus ropas, provocando que bajo su piel la carne se abrasara al entrar en contacto con esas manos incandescentes. La sangre bullía bajo sus venas. El corazón lanzaba borbotones de pasión. Poco a poco el frenesí había ido cediendo y dando paso a una ternura infinita que logró aplacar sus agitadas almas.

Mientras Tita cantaba, el caldo de los frijoles hervía con vehemencia. Los frijoles dejaron que el líquido en que nadaban los penetrara y empezaron a hincharse casi hasta reventar. Cuando Tita abrió los ojos y sacó un frijol para examinarlo, comprobó que los frijoles ya estaban en su punto exacto. Esto le proporcionaría tiempo suficiente para dedicarlo a su arreglo personal, antes de que llegara la tía Mary. Feliz de la vida dejó la cocina y se dirigió a su recámara, con el propósito de acicalarse. Lo primero que tenía que hacer era lavarse los dientes. La revolcada en el piso que sufrió a causa del aventón que le dio el torbellino de gallinas, se los había dejado llenos de tierra. Tomó una porción del polvo para limpiar la dentadura y se los cepilló vigorosamente.

En la escuela le habían enseñado a preparar estos polvos. Se fabrican poniendo media onza de cremor, media de azúcar y media de hueso de jivia, junto con dos dracmas de lirios de Florencia y sangre de drago; se reducen a polvo todos los ingredientes y se mezclan. La profesora Jovita fue la encargada de hacerlo. Fue su maestra durante tres años seguidos. Era una mujer pequeña y menudita. Todos los recordaban, no tanto por los conocimientos que les había transmitido sino porque era todo un personaje. Dicen que a los 18 años había quedado viuda y con un hijo. Nunca quiso darle un padrastro al niño, así es que, voluntariamente, se pasó la vida en absoluto celibato. Bueno, quién sabe qué tanto estaba convencida de esta resolución y qué tanto le afectó, pues la pobre, con los años, fue perdiendo la razón. Trabajaba día y noche para poner coto a los malos pensamientos. Su frase preferida era «La ociosidad es la madre de todos los vicios». Así que no descansaba ni un segundo al día. Cada vez trabajaba más y dormía menos. Con el tiempo el trabajo dentro de su casa no le fue suficiente como para calmar su espíritu, así es que se salía a la calle a las cinco de la mañana a barrer la banqueta. La suya y la de sus vecinas.

Después fue aumentado su círculo de acción a la de las cuatro manzanas que rodeaban su casa y así poco a poco, *in crescendo*, hasta que llegó a barrer todo Piedras Negras antes de irse a la escuela. Algunas veces se le quedaban sobre el pelo motas de basura y los niños se burlaban de eso. Tita, mirándose en el espejo, descubrió que su imagen se asemejaba a la de su maestra. Tal vez sólo era por las plumas que traía enredadas en el pelo a causa del revolcón, pero Tita igual se horrorizó.

De ninguna manera quería convertirse en otra Jovita. Se sacudió las plumas y cepillándose con fuerza se peinó y bajó a recibir a John y a Mary que en ese momento llegaban. Los ladridos del *Pulque* anunciaron su presencia en el rancho.

Tita los recibió en la sala. La tía Mary era tal y como se la había imaginado: una fina y agradable señora de edad. A pesar de los años que llevaba encima, su arreglo personal era impecable.

Traía un discreto sombrero de flores, en color pastel, que contrastaba con el blanco de su cabellera. Sus guantes hacían juego con el color del pelo, relucían de albor. Para caminar, se apoyaba en un bastón de caoba, con puño de plata en forma de cisne. Su conversación era de lo más amena. La tía quedó encantada con Tita y felicitó ampliamente a su sobrino por su atinada elección, y a Tita por el perfecto inglés que hablaba.

Tita disculpó a su hermana por no estar presente, pues se sentía indispuesta y los invitó a pasar al comedor.

A la tía le encantó el arroz con plátanos fritos y elogió muchísimo el arreglo de los frijoles.

Al servirse se les pone el queso rallado y se adornan con hojas tiernas de lechuga, rebanadas de aguacate, rabanitos picados, chiles tornachiles y aceitunas.

La tía estaba acostumbrada a otra clase de comida, pero esto no fue un impedimento para que pudiera apreciar lo sabroso que Tita cocinaba.

—Mmmm. Esto está delicioso, Tita.

—Qué suerte tienes Johnny, de ahora en adelante sí vas a comer bien, porque Caty, la verdad, cocina muy mal. Hasta vas a engordar con el matrimonio.

John observó que Tita se turbaba.

—¿Te pasa algo Tita?

—Sí, pero ahorita no te lo puedo decir, tu tía se va a sentir mal si dejamos de hablar en inglés.

John, hablando en español, le respondió.

—No, no te preocupes, está completamente sorda.

—¿Entonces cómo puede conversar tan bien?

—Porque lee los labios, pero sólo en inglés, no te preocupes. Además, cuando come no conoce a nadie, así que por favor dime qué te pasa. No hemos tenido tiempo para hablar y la boda será dentro de una semana.

—John, creo que es mejor suspenderla.

—¿Pero por qué?

—No me hagas decírtelo ahora.

Tita, tratando de que la tía no notara que estaban discutiendo un tema bastante delicado, le sonrió. La tía hizo lo mismo, se veía de lo más feliz y tranquila comiendo su plato de frijoles. Era cierto, verdaderamente no leía los labios en español. Podía hablar con John sin peligro. John insistió en el mismo tema.

—¿Ya no me quieres?

—No lo sé.

Qué difícil era para Tita seguir hablando después de ver el gesto de dolor que John hizo y que inmediatamente trató de controlar.

—En el tiempo que estuviste fuera tuve relaciones con un hombre del que siempre había estado enamorada y perdí mi virginidad. Por eso ya no puedo casarme contigo.

Después de un largo silencio, John le preguntó:

—¿Estás más enamorada de él que de mí?

—No te lo puedo contestar, tampoco lo sé. Cuando tú no estas aquí, pienso que es a él a quien quiero, pero cuando te veo, todo cambia. A tu lado me siento tranquila, segura, en paz,... pero no sé, no sé... Discúlpame por decirte todo esto.

Por las mejillas de Tita se deslizaron dos lágrimas. La tía Mary la tomó de la mano y profundamente enternecida le dijo en inglés:

—Qué bonito es ver a una mujer enamorada que llora de emoción. Yo también lo hice muchas veces cuando estuve a punto de casarme.

John se dio cuenta que estas palabras podrían provocar que Tita estallara en llanto y que la situación se volviera incontrolable.

Alargó su mano, tomó la de Tita y con una sonrisa en los labios para conformar a la tía le dijo:

—Tita, no me importa lo que hiciste, hay acciones en la vida a las que no hay que darles tanta importancia, si éstas no modifican lo esencial. Lo que me dijiste no cambió mi manera de pensar y te repito que me encantaría ser el compañero de toda tu vida, pero quiero que pienses muy bien si ese hombre soy yo o no. Si tu respuesta es afirmativa, celebraremos la boda dentro de unos días. Si no, yo seré el primero en felicitar a Pedro y pedirle que te dé el lugar que te mereces.

Tita no se asombró al escuchar las palabras de John: eran congruentes con su personalidad. Pero lo que sí le sorprendió fue que él supiera perfectamente que su rival era Pedro. No había contado con su gran intuición.

Para Tita fue imposible continuar en la mesa. Disculpándose, salió un momento al patio y lloró hasta que se calmó. Enseguida regresó a tiempo de servir el postre. John se levantó para acercarle la silla y la trató con la misma delicadeza y respeto de siempre. Realmente era un hombre admirable. ¡Cómo creció ante sus ojos! ¡Y cómo crecieron las dudas dentro de su cabeza! El sorbete de jazmín que sirvió como postre, le produjo un gran alivio. Al deglutirlo, le refrescaba el cuerpo y le aclaraba la mente. La tía enloqueció con el postre. Nunca se le había ocurrido que los jazmines sirvieran para comerse. Intrigada quiso conocer todos los pormenores para elaborar en su casa un sorbete igual. Tita, con mucha calma, para que la tía le leyera los labios con claridad, le proporcionó la receta.

—Se machaca un ramo de jazmines y se echa en tres cuartillos de agua con media libra de azúcar, mezclándolo bien. Estando bien disuelto el azúcar se cuela la mezcla por un lienzo tupido y después se echa a helar en la sorbetera.

El resto de la tarde la pasaron de maravilla. Cuando John se retiró, le dio a Tita un beso en la mano y le dijo:

—No te quiero presionar, sólo quiero asegurarte que a mi lado serás feliz.

—Yo lo sé.

Claro que lo sabía. Y claro que lo iba a considerar cuando tomara su decisión, la definitiva, la que determinaría todo su futuro.

Continuará...

Siguiente receta:

Chiles en Nogada

Capítulo XII
Diciembre
CHILES EN NOGADA

INGREDIENTES:

25 chiles poblanos
8 granadas
100 nueces de castilla
100 grms. de queso fresco añejo
1 kilo de carne de res molida
100 grms. de pasas
1/4 kilo de almendras
1/4 kilo de nueces

1/2 kilo de jitomate
2 cebollas medianas
2 acitrones
1 durazno
1 manzana
comino
pimienta blanca
sal
azúcar

Manera de hacerse:

Las nueces se deben comenzar a pelar con unos días de anticipación, pues el hacerlo representa un trabajo muy laborioso, que implica muchas horas de dedicación. Después de desprenderles la cáscara hay que despojarlas de la piel que cubre la nuez. Se tiene que poner especial esmero en que a ninguna le quede adherido ni un solo pedazo, pues al molerlas y mezclarlas con la crema amargarían la nogada, convirtiéndose en estéril todo el esfuerzo anterior.

Tita y Chencha terminaban de pelar nueces, sentadas alrededor de la mesa del comedor. Estas nueces se utilizarían en la elaboración de los chiles en nogada que se servirían como platillo principal en la boda del día siguiente. Todos los demás miembros de la familia las habían dejado solas desertando de la mesa del comedor con uno u otro pretexto. Sólo estas dos ilustres mujeres continuaban al pie del cañón. La verdad, Tita no los culpaba. Bastante la habían ayudado ya durante toda la semana y ella entendía muy bien que no era fácil pelar mil nueces sin agotarse. La única persona que conoció que podía hacerlo sin mostrar signos de cansancio en ningún momento fue Mamá Elena.

Ella no sólo podía partir costales y costales de nueces en pocos días, sino que gozaba enormemente practicando esta labor.

Prensar, destrozar y despellejar eran algunas de sus actividades favoritas. Las horas se le iban sin darse cuenta cuando se sentaba en el patio con un costal de nueces sobre las piernas y no se levantaba hasta que terminaba con él.

Para ella hubiera sido un juego de niños el partir estas mil nueces, que tanto trabajo les habían costado a todos ellos. Esta descomunal cantidad se debía a que como para cada 25 chiles se necesitan pelar 100 nueces, lógicamente a 250 chiles les correspondían 1.000 nueces. Habían invitado a la boda a 80 personas entre parientes y amigos de los más íntimos. Cada uno podría comer, si así lo deseaba, 3 chiles, lo cual era un cálculo muy decente. Se trataba de una boda íntima, pero de cualquier forma Tita quería dar un banquete de 20 platos, como los que ya no se daban, y por supuesto no podían faltar en él los deliciosos chiles en nogada pues la memorable celebración así lo ameritaba, aunque esto representara un trabajo tan intenso. A Tita no le importaba tener los dedos negros después de haber desollado tanta nuez. Esta boda bien valía el sacrificio, pues tenía un significado muy especial para ella. También para John. Él estaba tan feliz que había sido uno de sus más entusiastas colaboradores en la preparación del banquete. Justamente, él fue uno de los últimos en retirarse a descansar. Se merecía un buen descanso.

En el baño de su casa, John se limpiaba las manos muerto de cansancio. Le dolían las uñas de tanto pelar nueces. Se dispuso a dormir experimentando una intensa emoción. Dentro de unas horas estaría más cerca de Tita y esto le satisfacía enormemente. La boda estaba programada para las 12 del día. Revisó con la mirada el smoking que reposaba sobre una silla. Toda la indumentaria que se pondría al día siguiente estaba meticulosamente acomodada, esperando el mejor momento para lucirse. Los zapatos brillaban como nunca y la corbata de moño, la faja y la camisa estaban impecables. Sintiéndose satisfecho de que todo estaba en orden, tomó una larga respiración, se acostó y en cuanto puso la cabeza sobre la almohada se quedó profundamente dormido.

En cambio Pedro no podía conciliar el sueño. Unos celos infernales le corroían las entrañas. No le agradaba nada tener que asistir a la boda y soportar ver la imagen de Tita junto a John.

No entendía para nada la actitud de John, ¡parecía que tenía atole en las venas! Sabía muy bien lo que existía entre Tita y él. ¡Y aún así seguía actuando como si nada! Esa tarde cuando Tita estaba tratando de encender el horno, no encontraba los cerillos por ningún lado. Entonces John, el eterno galante, rápidamente se ofreció a ayudarla. ¡Eso no fue todo! Después de haber prendido el fuego le obsequió a Tita la caja de cerillos tomándole sus manos entre las suyas. ¿Qué tenía que andar dándole a Tita ese tipo de regalos tontos? Sólo era un buen pretexto de John para acariciarle las manos a Tita delante de él. De seguro se creía muy civilizado, pero él le iba a enseñar lo que un hombre hace cuando de verdad quiere a una mujer. Tomando su saco se dispuso a ir a buscar a John para romperle la cara.

En la puerta se detuvo. Se podría prestar a habladurías que el cuñado de Tita se peleara con John un día antes de la ceremonia.

Tita no se lo perdonaría. Con rabia lanzó el saco sobre la cama y se puso a buscar una pastilla para que le calmara el dolor de cabeza. El ruido que Tita hacía en la cocina se amplificaba mil veces a causa del dolor.

Tita pensaba en su hermana mientras terminaba de pelar las pocas nueces que quedaban sobre la mesa. A Rosaura le hubiera gustado tanto estar presente en la boda. La pobre había muerto hacía un año. En honor a su memoria se había dejado pasar todo este tiempo para realizar la ceremonia religiosa. Su muerte había sido de lo más extraña. Había cenado como de costumbre y se había retirado inmediatamente después a su habitación. Esperanza y Tita se habían quedado platicando en el comedor. Pedro subió a despedirse de Rosaura antes de dormir. Tita y Esperanza no escucharon nada por lo retirado que el comedor se encontraba de las recámaras. Al principio a Pedro no le causó extrañeza escuchar, aun con la puerta cerrada, las ventosidades de Rosaura. Pero empezó a poner atención a estos desagradables ruidos cuando uno de ellos se prolongó más de lo acostumbrado, parecía interminable. Pedro trató de concentrarse en el libro que tenía en las manos, pensando que no era posible que ese prolongado sonido fuera el producto de los problemas digestivos de su mujer. El piso se estremecía, la luz parpadeaba. Pedro pensó por un momento que con estruendosos cañonazos la revolución se había reiniciado, pero descartó esta posibilidad pues en el país, por ahora, había demasiada calma. Tal vez se trataba del motor del auto de los vecinos. Pero analizándolo bien, los coches de motor no despedían un olor tan nauseabundo. Era extraño que percibiera este olor a pesar de haber tomado la precaución de pasear por toda la recámara una cuchara con un trozo de carbón encendido y un poco de azúcar.

Este método es de lo má eficaz en contra de los malos olores.

Cuando él era niño, así acostumbraban hacerlo en la habitación donde un enfermo del estómago hubiera defecado, y siempre lograban sanear el ambiente con gran éxito. Pero ahora de nada le había servido. Preocupado, se acercó a la puerta de comunicación entre ambas recámaras y tocando con los nudillos le preguntó a Rosaura si se sentía bien. Al no obtener respuesta abrió y se encontró con una Rosaura de labios morados, cuerpo desinflado, ojos desencajados, mirada perdida, que daba su último y flatulento suspiro. El diagnóstico de John fue una congestión estomacal aguda.

El entierro estuvo muy poco concurrido, pues con la muerte se intensificó el desagradable olor que despedía el cuerpo de Rosaura. Por este motivo fueron pocas las personas que se animaron a asistir. Los que no se lo perdieron fueron una parvada de zopilotes que volares sobre el cortejo hasta que terminó el entierro. Entonces, al ver que no habría ningún banquete se retiraron muy desilusionados dejando a Rosaura descansar en paz.

Pero a Tita aún no le llegaba la hora del reposo. Su cuerpo lo pedía a gritos, pero le faltaba terminar con la nogada antes de poder hacerlo. Así que lo que más le convenía, en lugar de estar rememorando cosas pasadas, era apurarse en la cocina para poder tomar un merecido respiro.

Ya que se tienen todas las nueces peladas, se muelen en el metate junto con el queso y la crema. Por último se les pone sal y pimienta blanca al gusto. Con esta nogada se cubren los chiles rellenos y se decoran después con la granada.

RELLENO DE LOS CHILES:

La cebolla se pone a freír en un poco de aceite. Cuando está acitronada se le agregan la carne molida, el comino y un poco de azúcar. Ya que doró la carne, se le incorporan los duraznos, manzanas, nueces, pasas, almendras y el jitomate picado hasta que sazone. Cuando ya sazonó, se le pone sal a gusto y se deja secar antes de retirarla del fuego.

Por separado, los chiles se ponen a asar y se pelan. Después se abren por un lado y se les retiran las semillas y las venas.

Tita y Chencha terminaron de adornar las 25 charolas con chiles y las pusieron en un lugar fresco. A la mañana siguiente, los meseros las tomaron de ese mismo lugar en perfecto estado y se las llevaron al banquete.

Los meseros iban de un lado a otro atendiendo a los animados invitados. La llegada de Gertrudis a la fiesta llamó la atención de todos. Llegó en un coupé Ford «T», de los primeros que sacaron con velocidades. Al bajarse del auto por poco se le cae el gran sombrero de ala ancha con plumas de avestruz que portaba. Su vestido con hombreras era de lo más moderno y llamativo. Juan no se quedaba atrás. Lucía un elegante traje ajustado, sombrero de carrete y polainas. El hijo mayor de ambos, se había convertido en un mulato escultural. Las facciones de su rostro eran muy finas y el color obscuro de su piel contrastaba con el azul agua de sus ojos. El color de la piel era la herencia de su abuelo y los ojos azules la de Mamá Elena. Tenía los ojos idénticos a la abuela. Tras ellos venía el sargento Treviño, quien desde que terminó la revolución había sido contratado como guardaespaldas personal de Gertrudis.

En la entrada del rancho Nicolás y Rosalío, en traje charro de gala, recogían las invitaciones a las personas que aún seguían llegando. Se trataba de unas invitaciones bellísimas. Alex y Esperanza las habían elaborado personalmente. El papel de las invitaciones, la tinta negra con que las escribieron, la tinta dorada para las orillas de los sobres, y el lacre con el que los sellaron, eran su obra y su orgullo. Todo había sido preparado según la costumbre y utilizando las recetas de la familia De la Garza. Bueno, la tinta negra no había sido necesario elaborarla, pues había quedado bastante de la que prepararon para la boda de Pedro con Rosaura. Era una tinta seca a la que solamente le añadieron un poco de agua y quedó como recién hecha. Ésta se obtiene mezclando 8 onzas de goma arábiga, 5 1/2 onzas de agallas, 4 onzas de sulfato de hierro, 2 1/2 onzas de palo de campeche y 1/2 de sulfato de cobre. Para la tinta dorada que se pone en la orilla de los sobres, se toma una onza de orpimiente y otra de piedra de cristal finamente molido. Se ponen estos polvos en cinco o seis claras de huevo bien batidas hasta que queden como agua. Y por su parte el lacre se prepara derritiendo una libra de goma laca, media de menjuí, media de calafonia y una de bermellón.

Cuando ya está líquido se vacía sobre una mesa untada con aceite de almendras dulces y antes de que se enfríe se forman los palitos o barras.

Esperanza y Alex se pasaron muchas tardes siguiendo al pie de la letra estas recetas para poder hacer unas invitaciones únicas y lo habían logrado. Cada una era una obra de arte. Era el producto de un trabajo artesanal que desgraciadamente estaba pasando de moda, junto con los vestidos largos, las cartas de amor y los valses. Pero para Tita y Pedro nunca pasaría de moda el vals *Ojos de Juventud,* que en este momento tocaba la orquesta a petición expresa de Pedro. Juntos se deslizaban por la pista derrochando donaire. Tita lucía esplendorosa. Los 22 años que habían transcurrido desde la boda de Pedro con Rosaura parecían no haberla rozado siquiera. A sus 39 años aún seguía fresca y rozagante como un pepino recién cortado.

Los ojos de John los seguían mientras bailaban y denotaban ternura con un destello de resignación. Pedro rozaba tiernamente su mejilla con la de Tita, y ella sentía que la mano de Pedro en su cintura la quemaba como nunca.

—¿Te acuerdas de cuando escuchamos por primera vez esa pieza?

—Nunca lo olvidaré.

—Esa noche no dormí pensando en pedir tu mano de inmediato. No sabía que tendría que dejar pasar 22 años para volverte a preguntar si quieres ser mi esposa.

—¿Lo dices en serio?

—¡Claro! No quiero morirme sin lograr que lo seas. Siempre he soñado con entrar contigo a una iglesia llena de flores blancas y tú en medio de todas, como la más bella.

—¿Vestida de blanco?

—¡Por supuesto! Nada te lo impide. ¿Y sabes qué? Ya que estemos casados, quiero tener un hijo contigo. Aún estamos a tiempo, ¿no crees? Ahora que Esperanza nos deja, vamos a necesitar compañía.

Tita no pudo responderle a Pedro. Un nudo en la garganta se lo impidió. Unas lágrimas rodaron lentamente por sus mejillas. Sus primeras lágrimas de felicidad.

—Y quiero que sepas que no me vas a convencer de no hacerlo. No me importa lo que piensen ni mi hija ni nadie más. Hemos pasado muchos años cuidándonos del qué dirán, pero desde esta noche nadie me va a poder separar de tu lado.

La verdad, a estas alturas a Tita también le importaba un comino lo que la gente pensara al hacer pública la relación amorosa que existía entre Pedro y ella.

Por veinte años había respetado el pacto que ambos habían establecido con Rosaura y ya estaba cansada. El acuerdo consistía en que tomando en consideración que para Rosaura era vital el seguir aparentando que su matrimonio funcionaba de maravilla y que para ella era importantísimo el que su hija creciera dentro de la sagrada institución de la familia, la única según ella que le daría una fuerte formación moral, Pedro y Tita se habían comprometido a ser de lo más discretos en sus encuentros y a mantener oculto su amor. Ante los ojos de los demás siempre serían una familia de lo más normal. Para esto, Tita debía renunciar a tener un hijo ilícito. Para compensarla, Rosaura estaba dispuesta a compartir a Esperanza con ella de la siguiente manera: Tita se encargaría de la alimentación de la niña y Rosaura de su educación.

Rosaura por su parte quedaba obligada a convivir con ellos de una manera amistosa, evitando celos y reclamos.

En general todos habían respetado el convenio, menos en lo referente a la educación de Esperanza. Tita deseaba para Esperanza una educación muy diferente de la que Rosaura planeaba para ella. Así que aunque no le correspondía, aprovechaba los momentos en que Esperanza estaba a su lado para proporcionarle a la niña otro tipo de conocimientos de los que su madre le daba.

Estos momentos formaban la mayor parte del día, pues la cocina era el lugar preferido de Esperanza y Tita su mejor confidente y amiga.

Precisamente fue una tarde de las que pasaban juntas en la cocina cuando Tita se enteró de que Alex, el hijo de John Brown, pretendía a Esperanza. Tita fue la primera en saberlo. Habían vuelto a verse, después de muchos años, en una fiesta de la preparatoria donde Esperanza estudiaba. Alex ya estaba terminando su carrera de médico. Desde el primer momento se habían atraído el uno hacia el otro. Cuando Esperanza le dijo a Tita que al recibir la mirada de Alex sobre su cuerpo ella se había sentido como la masa de un buñuelo entrando al aceite hirviendo, Tita supo que Alex y Esperanza se unirían irremediablemente.

Rosaura intentó por todos los medios de evitarlo. Desde un principio se opuso franca y terminantemente. Pedro y Tita intercedieron por Esperanza y de esta manera se inició entre ellos una verdadera guerra a muerte. Rosaura exigía a gritos sus derechos: Pedro y Tita estaban rompiendo el pacto y eso no era justo.

No era la primera vez que tenían discusiones a causa de Esperanza. Las primeras fueron porque Rosaura se empeñaba en que su hija no asistiera a la escuela, pues lo consideraba una pérdida de tiempo. Si la misión de Esperanza en esta vida era únicamente la de cuidarla a ella, su madre, por siempre, no necesitaba para nada de elevados conocimientos, era preferible que estudiara piano, canto y baile. El dominar estas actividades le sería de enorme utilidad en la vida. En primera, porque así Esperanza podría proporcionarle a Rosaura maravillosas tardes de entretenimiento y diversión y, en segunda, porque su participación dentro de las fiestas de sociedad sería de lo más relevante y espectacular. De esta forma capturaría las atenciones de todos y sería siempre muy bien aceptada dentro de la clase alta. Haciendo una gran labor, lograron convencer a Rosaura tras largas pláticas de que era importante que Esperanza, aparte de cantar, bailar y tocar el piano virtuosamente, pudiera hablar de cosas interesantes cuando se acercaran a ella y para esto era vital que asistiera a la escuela. Rosaura, a regañadientes, aceptó mandar a la niña al colegio, pero sólo porque se había convencido de que Esperanza, aparte de poder conversar de una manera amena e interesante, en la primaria se codearía con la crema y nata de Piedras Negras. Entonces Esperanza asistió a la mejor escuela, con el objeto de pulir su intelecto. Tita, por su parte, se encargó de enseñarle algo igual de valioso: los secretos de la vida y del amor a través de la cocina.

La victoria obtenida sobre Rosaura fue suficiente como para no volver a tener otra fuerte discusión hasta ahora, en que se había presentado Alex y con él la posibilidad de un noviazgo. Rosaura enfureció al ver que Pedro y Tita apoyaban incondicionalmente a Esperanza. Por todos los medios a su alcance luchó como una leona para defender lo que por tradición le correspondía: una hija que velara por ella hasta su muerte. Gritó, pateó, vociferó, escupió, vomitó y amenazó desesperadamente. Por primera vez rompió el pacto y lanzó maldiciones en contra de Pedro y Tita aparte de echarles en cara todos los sufrimientos que le habían ocasionado.

La casa se convirtió en un campo de batalla. Los portazos estaban a la orden del día. Afortunadamente, estos pleitos no se prolongaron por mucho tiempo, pues a los tres días de la más violenta y desgarradora lucha entre los dos bandos, Rosaura, a causa de grandes problemas digestivos, había muerto de...la manera en que murió.

El haber logrado la boda entre Alex y Esperanza era el mayor triunfo de Tita. Qué orgullosa se sentía de ver a Esperanza tan segura de sí misma, tan inteligente, tan preparada, tan feliz, tan capaz, pero al mismo tiempo, tan femenina y tan mujer en el más amplio sentido de la palabra. Se veía bellísima con su vestido de novia, bailando con Alex el vals *Ojos de juventud*.

En cuanto la música terminó, los Lobo, Paquita y Jorge, se acercaron a felicitar a Pedro y a Tita.

—Felicidades Pedro, tu hija no pudo haber encontrado mejor partido que Alex en 10 millas a la redonda.

—Sí, Alex Brown es un excelente muchacho. Lo único malo es que nos van a abandonar. Alex se ganó una beca para hacer su doctorado en la universidad de Harvard y, hoy mismo, después de la boda, salen para allá. .

—¡Qué barbaridad Tita! ¿Y ahora qué vas a hacer? —comentó con mucho veneno Paquita—. Sin Esperanza en la casa ya no vas a poder vivir cerca de Pedro. Ay, antes de que te vayas a vivir a otro lado, dame la receta de los chiles en nogada. ¡Se ven exquisitos!

Los chiles en nogada no sólo se veían muy bien, sino que realmente estaban deliciosos, nunca le habían quedado a. Tita tan exquisitos. Los chiles lucían con orgullo los colores de la bandera: el verde de los chiles, el blanco de la nogada y el rojo de la granada.

Estos platones tricolores duraron muy poco tiempo: en un abrir y cerrar de ojos los chiles desaparecieron de las charolas... Qué lejano estaba el día en que Tita se había sentido como un chile en nogada que se deja por decencia, para no demostrar la gula.

Tita se preguntaba si el hecho de que no quedara ningún chile era signo de que estaban olvidando las buenas costumbres o de que en verdad estaban espléndidos.

Los comensales se veían encantados. Qué diferencia entre ésta y la desafortunada boda de Pedro con Rosaura, cuando todos los invitados terminaron intoxicados. Ahora por el contrario al probar los chiles en nogada, en lugar de sentir una gran nostalgia y frustración, todos experimentaban una sensación parecida a la de Gertrudis cuando comió las codornices en pétalos de rosas. Y para variar Gertrudis fue la primera en sentir nuevamente los síntomas. Se encontraba en medio del patio bailando con Juan *Mi querido capitán* y cantaba el estribillo mientras danzaba como nunca. Cada vez que pronunciaba el «ay, ay, ay, ay, mi querido capitán», recordaba la época lejana cuando Juan aún era capitán y se encontró con él en pleno campo completamente desnuda. De inmediato reconoció el calor en las piernas, el cosquilleo en el centro de su cuerpo, los pensamientos pecaminosos, y decidió retirarse con su esposo antes de que las cosas llegaran a mayores. Gertrudis fue la que inició la desbandada. Todos los demás invitados, con uno u otro pretexto y con miradas libidinosas, también pidieron disculpas y se retiraron. Los novios interiormente lo agradecieron pues entonces ellos quedaron en libertad de tomar sus maletas e irse lo más pronto posible. Les urgía llegar al hotel.

Cuando Tita y Pedro se dieron cuenta, sólo quedaban en el rancho John, Chencha y ellos dos. Todos los demás, incluyendo los trabajadores del rancho, ya se encontraban en el lugar más alejado al que pudieron llegar, haciendo desenfrenadamente el amor. Algunos bajo el puente de Piedras Negras e Eagle Pass. Los más conservadores dentro de su auto mal estacionado sobre la carretera. Y los más, donde pudieron. Cualquier sitio era bueno: en el río, en las escaleras, en la tina, en la chimenea, en el horno de una estufa, en el mostrador de la farmacia, en el ropero, en las copas de los árboles. La necesidad es la madre de todos los inventos y todas las posturas. Ese día hubo más creatividad que nunca en la historia de la humanidad.

Por su parte, Tita y Pedro hacían poderosos esfuerzos por no dar rienda suelta a sus impulsos sexuales, pero éstos eran tan fuertes que transponían la barrera de su piel y salían al exterior en forma de un calor y un olor singular. John lo notó y viendo que estaba haciendo mal tercio, se despidió y se fue. A Tita le dio pena verlo irse solo. John debió haberse casado con alguien cuando ella se negó a ser su esposa, pero nunca lo hizo.

En cuanto John partió, Chencha pidió permiso para ir a su pueblo: hacía unos días que su esposo se había ido a levantar adobe y de pronto le habían dado unso deseos inmensos de verlo.

Si Pedro y Tita hubieran planeado quedarse solos de luna de miel no lo hubieran logrado con menos esfuerzo. Por primera vez en la vida podían amarse libremente. Por muchos años fue necesario tomar una serie de precauciones para que no los vieran, para que nadie sospechara, para que Tita no se embarazara, para no gritar de placer cuando estaban uno dentro del otro. Desde ahora todo eso pertenecía al pasado.

Sin necesidad de palabras se tomaron de las manos y se dirigieron al cuarto obscuro. Antes de entrar, Pedro la tomó en sus brazos, abrió lentamente la puerta y ante su vista quedó el cuarto obscuro completamente transformado. Todos los triques habían desaparecido. Sólo estaba la cama de latón tendida regiamente en medio del cuarto. Tanto las sábanas de seda como la colcha eran de color blanco, al igual que la alfombra de flores que cubría el piso y los 250 cirios que iluminaban el ahora mal llamado cuarto obscuro. Tita se emocionó pensando en el trabajo que

Pedro habría pasado para adornarlo de esta manera, y Pedro lo mismo, pensando cómo se las había ingeniado Tita para hacerlo a escondidas.

Estaban tan henchidos de placer que no notaron que en un rincón del cuarto Nacha encendía el último cirio, y haciendo mutis, se evaporaba.

Pedro depositó a Tita sobre la cama y lentamente le fue quitando una a una todas las prendas de ropa que la cubrían. Después de acariciarse y mirarse con infinita ternura, dieron salida a la pasión por tantos años contenida.

El golpeteo de la cabecera de latón contra la pared y los sonidos guturales que ambos dejaban escapar se confundieron con el ruido del millar de palomas volando sobre ellos, en desbandada. El sexto sentido que los animales tienen indicó a las palomas que era preciso huir rápidamente del rancho. Lo mismo hicieron todos los demás animales, las vacas, los cerdos, las gallinas, las codornices, los borregos y los caballos.

Tita no podía darse cuenta de nada. Sentía que estaba llegando al clímax de una manera tan intensa que sus ojos cerrados se iluminaron y ante ella apareció un brillante túnel.

Recordó en ese instante las palabras que algún día John le había dicho: «Si por una emoción muy fuerte se llegan a encender todos los cerillos que llevamos en nuestro interior de un solo golpe, se produce un resplandor tan fuerte que ilumina más allá de lo que podemos ver normalmente y entonces ante nuestros ojos aparece un túnel esplendoroso y que muestra el camino que olvidamos al momento de nacer y que nos llama a reencontrar nuestro perdido origen divino. El alma desea reintegrarse al lugar de donde proviene, dejando al cuerpo inerte»... Tita contuvo su emoción.

Ella no quería morir. Quería experimentar esta misma explosión de emociones muchas veces más. Éste sólo era el inicio.

Trató de normalizar su agitada respiración y hasta entonces percibió el sonido del aleteo del último grupo de palomas en su partida. A parte de este sonido, sólo escuchaba el de los corazones de ambos. Los latidos eran poderosos. Inclusive podía sentir el corazón de Pedro chocar sobre la piel de su pecho. De pronto este golpeteo se detuvo abruptamente. Un silencio mortal se difundió por el cuarto. Le tomó muy poco tiempo darse cuenta de que Pedro había muerto.

Con Pedro moría la posibilidad de volver a encender su fuego interior, con él se iban todos los cerillos. Sabía que el calor natural que ahora sentía se iba a ir extinguiendo poco a poco, devorando su propia substancia tan pronto como le faltara el alimento para mantenerlo.

Seguramente Pedro había muerto en el momento del éxtasis al penetrar en el túnel luminoso. Se arrepintió de no haberlo hecho ella también. Ahora le sería imposible ver nuevamente esa luz, pues ya no era capaz de sentir nada. Quedaría vagando errante por las tinieblas toda la eternidad, sola, muy sola. Tenía que encontrar una manera, aunque fuera artificial, de provocar un fuego tal que pudiera alumbrar ese camino de regreso a su origen y a Pedro. Pero primero era preciso calmar el frío congelante que la empezaba a paralizar. Se levantó, fue corriendo por la enorme colcha que había tejido noche tras noche de soledad e insomnio y se la echó encima. Con ella cubrió las tres hectáreas que comprendía el rancho en su totalidad. Sacó del cajón de su buró la caja de cerillos que John le había regalado. Necesitaba mucho fósforo en el cuerpo. Se empezó a comer uno a uno los cerillos que contenía la caja. Al masticar cada fósforo cerraba los ojos fuertemente e intentaba reproducir los recuerdos más emocionantes entre Pedro y ella. La primera mirada que recibió de él, el primer roce de su manos, el primer ramo de rosas, el primer beso, la primera caricia, la primera relación íntima. Y logró lo que se proponía. Cuando el fósforo que masticaba hacía contacto con la luminosa imagen que evocaba, el cerillo se encendía. Poco a poco su visión se fue aclarando hasta que ante sus ojos apareció nuevamente el túnel. Ahí, a la entrada, estaba la luminosa figura de Pedro, esperándola. Tita no dudó. Se dejó ir a su encuentro y ambos se fundieron en un largo abrazo y experimentando nuevamente un clímax amoroso partieron juntos hacia el edén perdido. Ya nunca más se separarían.

En ese momento los cuerpos ardientes de Pedro y Tita empezaron a lanzar brillantes chispas. Éstas encendieron la colcha que a su vez incendió todo el rancho. ¡Qué a tiempo habían emigrado los animales, para salvarse del incendio! El cuarto obscuro se convirtió en un volcán voluptuoso. Lanzaba piedras y ceniza por doquier. Las piedras en cuanto alcanzaban altura estallaban, convirtiéndose en luces de todos los colores. Los habitantes de las comunidades cercanas observaban el espectáculo a varios kilómetros de distancia, creyendo que se trataba de los fuegos artificiales de la boda de Alex y Esperanza. Pero cuando estos fuegos se prolongaron por una semana se acercaron con curiosidad.

Una capa de ceniza de varios metros de altura cubría todo el rancho. Cuando Esperanza, mi madre, regresó de su viaje de bodas, sólo encontró bajo los restos de lo que fue el rancho este libro de cocina que me heredó al morir y que narra en cada una de sus recetas esta historia de amor enterrada.

Dicen que bajo las cenizas floreció todo tipo de vida, convirtiendo ese terreno en el más fértil de la región.

Durante mi niñez yo tuve la fortuna de gozar de las deliciosas frutas y verduras que ahí se producían. Con el tiempo, mi mamá mandó construir en ese terreno un pequeño edificio de departamentos. En uno de ellos aún vive Alex, mi padre. El día de hoy va a venir a mi casa a celebrar mi cumpleaños. Por eso estoy preparando tortas de navidad, mi platillo favorito. Mi mamá me las preparaba cada año. ¡Mi mamá!... ¡Cómo extraño su sazón, el olor de su cocina, sus pláticas mientras preparaba la comida, sus tortas de navidad! Yo no sé por qué a mí nunca me han quedado como a ella y tampoco sé por qué derramo tantas lágrimas cuando las preparo, tal vez porque soy igual de sensible a la cebolla que Tita, mi tía abuela, quien seguirá viviendo mientras haya alguien que cocine sus recetas.

Índice

ESTE LIBRO SE TERMINO DE IMPRIMIR
EN EL MES DE ENERO DE MIL
NOVECIENTOS NOVENTA Y CUATRO EN
LOS TALLERES DE EDITORIAL TEXTO
AV. EL CORTIJO, QTA. MARISA, Nº 4
LOS ROSALES - CARACAS - VENEZUELA